"小学生前沿科学奇遇记"系列

不可思议的牛粪

[韩]高嬉贞 著　[韩]李柱喜 绘　李丹莹 译

中信出版集团 | 北京

科学家有话说

能源，如空气般珍贵

你们知道能源有多珍贵吗？

人类文明能在 20 世纪取得辉煌的成就，离不开化石燃料。地球拥有几十亿年的历史，但仅仅从近 300 年前开始，人类生活才开始发生翻天覆地的变化，从而有了我们今时今日的生活水平。伴随着化石燃料的登场，人类实现了批量生产，掀起了工业革命，解决了粮食问题，创造了有史以来最厉害的文明发展进程。

然而，化石燃料既给予人类馈赠，又为人类带来难题。我们面临着能源枯竭和全球气候变暖的环境问题。化石燃料是长期深埋地底的动植物发生化学变化后形成的，是有限的资源，不可能短时间内从地里长出来。并且，化石燃料燃烧后产生的二氧化碳还是全球气候变暖的元凶。如果我们只依赖化石燃料，地球的发展终将走入末路。

因此，许多科学家正在潜心探索新的能源，他们所做的工作就是基于各种科学知识，开发出各种新型可再生能源。太阳能、风能、沼气等就是重要的新型可再生能源。化石燃料和新型可再生能源最大的区别在于，我们不用担心新型可再生能源枯竭，它们可以持续使用，同时，科学发展和技术开发将会是未来各种可再生能源的源泉。

为此，希望有越来越多的人关注能源，成为能源方面的学者和研究员。能源不仅和物理、化学、生物等基础学科有关，还与机械工程学、化学工程学、材料工程学和电气工程学息息相关。如果大家能攻读工程学或自然科学相关专业，对能源问题保持兴趣，相信大家可以开发出更多的新型可再生能源，实现地球的可持续发展。

李宽荣

韩国高丽大学化工与生命科学教授

故事大王有话说

不妨做一个帅气的梦

"你长大以后想干什么？"

这是大人们经常提的问题吧。对这个问题，应该大多数人都会回答："科学家、厨师、艺人……"

但这都不算是清楚明确的回答，因为即使在这同一个领域里，比如科学，也有许多人干着截然不同的事情。而厨师也分韩餐厨师、中餐厨师和西餐厨师等。所以，大家最好从此刻开始认真思考："我要做什么？我为什么做这件事情？我要在哪个领域成为有所贡献的人？"

据说，等各位长大以后，现在的这些职业中，有80%会消失，当然，也会出现许多前所未有的新职业，还会有越来越多的人亲手创造出自己的职业。

这么看来，能源工程学是符合未来世界的领域。因为寻找、开发和利用新能源是未来必不可少的研究内容。世界上会不断涌现与能源工程学相关的新职业,例如,地热住宅设计师、太阳能炊具设计师、海底资源开采船驾驶员、风能收集师等。

怎么样?是不是光想想就很有趣?希望各位读了这本书,能像时敏一样对能源工程学产生兴趣,去做一个比现在的梦想更帅气的梦。

高嬉贞

目录

第1章
被"流放"了 1
🌟 我们需要能源

第2章
一波三折的屈辱日 21
🌟 家里使用的能源

第3章
撞鬼风波 43
🌟 新型可再生能源

第 4 章
可疑的废弃学校 71
🌼 努力实现能源独立

第 5 章
牛粪能源研究所 91
🌼 如果你想要成为能源工程师

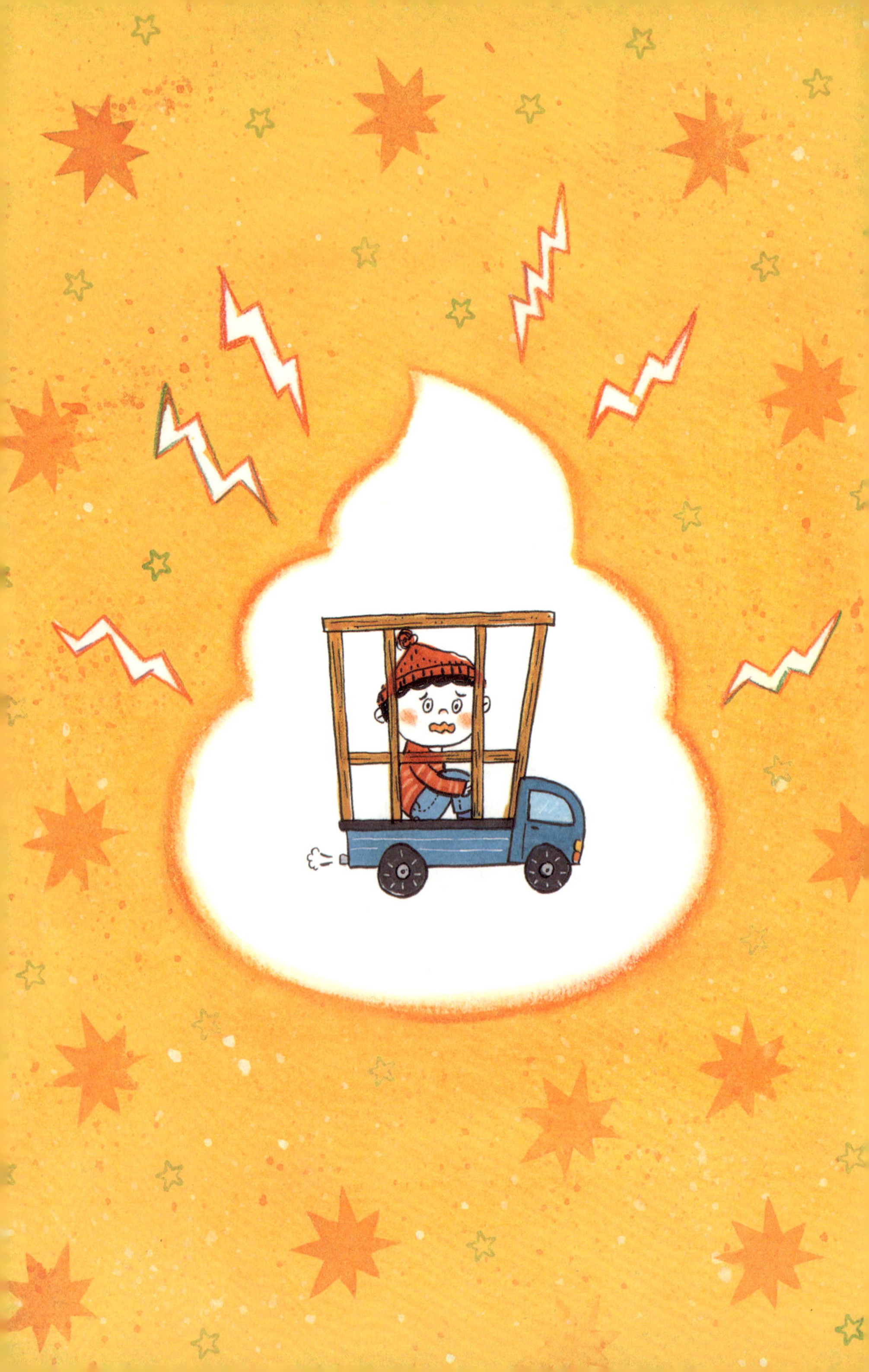

第 1 章

被"流放"了

我有生以来遇到的最大危机已拉开帷幕。明明放假是一件那么愉快、那么高兴的事情,怎么会发生这种可怕的事情呢?

我被赶到了江原道山村里的奶奶家,而且我跟奶奶一点儿也不亲。以前都是犯了大罪的人会被流放边疆,我这样跟被流放有什么区别呢?

倒也不是说我表现得有多棒,确实是做了该罚的事,放假一周以来一直在玩电脑游戏。

两天前妈妈警告过我:"你要是再被我抓到玩电脑,

就把你送到奶奶家。"

当时以为妈妈只是说说而已,毕竟我是独生子啊!再怎么不听话,再怎么不学习,再怎么只打游戏,也不会真的被送到奶奶家吧。我做梦都没想到妈妈会动真格。

当然,为了以防万一,我也收心了,但一天到晚百无聊赖,不知不觉就玩起了游戏。终于,昨天晚上沉迷于游戏的时候,被妈妈逮个正着。

老实说,我平时没什么想做的事情,没什么想去的地方,也没什么好奇的东西。最舒服的就是无所事事地在房间地板上躺上一整天,顺便打个滚擦擦地板上的灰。

妈妈看到我这样,总是唠叨:"做完作业了吗?你也看看书吧。别老躺着,哪怕起来坐一下,或者做做运动。"

但妈妈这些唠叨其实不算什么,奶奶的唠叨才是超乎想象。每次见面,她就唠叨个没完,听得耳朵都要起茧了,所以我完全无法跟奶奶亲近起来。想到要跟奶奶待在一起一个月,不禁眼前一黑。

我一边唉声叹气,一边收拾行李。

爸爸在旁边催促了起来:"快点儿!我把你送过去以后就得立马回来,明天凌晨还得出车。"

爸爸是一名卡车司机,主要负责把建筑工地的建筑废料运到垃圾场。然而,偏偏他今天没活儿,妈妈一声令下,我就要被拉到奶奶家。

被拉到屠宰场的牛就是我现在这种心情吧?我把嘴噘得老高,一句话也不说。

见状,爸爸对我说:"奶奶不是很疼你嘛。"

为了表达抗议，我把嘴噘得更高了。疼我？奶奶从来没夸过我一句，只会对我唠叨："爸爸很辛苦的，你好好听话，好好学习。"

也不晓得爸爸知不知道我的心情，他继续对我说："爷爷去世以后奶奶挺孤单的，所以你就去陪陪她，跟她说说话，做个伴，别闹别扭了。"

"呼，也得聊得来才能陪她说话啊。"我心里这样念叨着，但还是硬着头皮答道，"好吧。"

3年前，爷爷去世了。爸爸很担心奶奶，让她来首尔。但奶奶说，首尔人生地不熟，连个朋友也没有，坚决拒绝了。所以爸爸一直很担心独自生活的奶奶，我了解爸爸的这份担心，自然只能这样回答。

但我心里想的是，这么漫长的日子要怎么熬呢？

万千思绪在我的脑子里胡乱翻滚，不知不觉就到了奶奶家。奶奶大概听到了车声，飞快地跑了出来。

"哎哟，辛苦了。"

"不辛苦,没堵车,一下子就到了。"

爸爸从背后推了推我,让我跟奶奶打招呼。

"奶奶好!"

"好,我们时敏长大了好多呢。"

奶奶一边说,一边抚摸着我的脸,她的手掌有些扎脸,我讨厌这种感觉。可能因为经常干活,奶奶的手粗糙得跟丝瓜瓤一样。虽然知道她是高兴才摸我的脸,但我的心情并不十分美丽。

我赶紧把脸缩开,说道:"是啊,奶奶别来无恙吧。"

我什么时候开始会说这么老成的话了?自己都觉得了不起。当然,我也有10岁了,是个像模像样的大孩子了,活了10年,也该懂得怎样见面寒暄了。但话说回来,即将降临在我10年人生中的最大危机应该如何克服呢?

"神啊，救救我吧！"我的心情恳切到开始向自己并不相信的佛祖和耶稣祈祷。

一进奶奶家，迎面袭来冷飕飕的空气。

屋里怎么比屋外还冷？爸爸紧皱起眉头，问奶奶："没开暖气吗？怎么这么冷？"

奶奶连忙回答："不是，昨天都还开着的，今天有点儿热就关了。"

一听就是谎话，奶奶就是彻头彻尾的吝啬鬼。因为暖气贵，在大冬天不开暖气，就睡冷炕，所以每次来奶奶家，爸爸都让她开暖气，但她总是不听话。

"穿一件秋衣就够暖和了。暖气费多贵啊，上个月燃气费就花了不少。"

爸爸不理会奶奶的辩解，拧开了门廊上的暖气阀。

"贵也比冻感冒了要好。"

不愧是我爸，起码我不会冷死了。想到这儿，我不自觉地笑了，却刚好撞上了奶奶的目光，被她看穿了。

"确实，不能把时敏冻感冒了……"

爸爸接着说："我走了，时敏你好好听奶奶的话。"

奶奶愣住了："不睡一晚再走吗？"

"不了，明早有事。"

她慌里慌张地往厨房走，边走边扯着嗓子说："那至少得吃过饭再走吧。"

爸爸拗不过，坐了下来，因为他清楚母亲得知儿子要来会做多少准备。不出所料，奶奶摆出了满满一桌子菜。实话实说，奶奶的厨艺，我是很喜欢的。

难得这么早吃晚饭，我们一边吃饭，一边看新闻。

突然，爸爸长叹了一声，说："唉！要命啊，不让人活了。"

我和奶奶被爸爸脱口而出的话吓到了，齐刷刷看向爸爸。

奶奶问道："出什么事了吗？"

"没事，就这么一说。"大概是无意识冒出来的话，爸爸含糊不清地说道。

但奶奶不会就此罢休，他是看着新闻说出这句话的，奶奶盯着爸爸再次询问："哎呀！石油价格又上升了？听说上个月才大涨了一次。"

新闻里，播放着巨大的槽罐车装着石油、车子在加油站加油的画面，画外音正在报道石油价格持续上升的消息。

爸爸又叹了一口气，答道："就是啊，睡一觉起来，石油就又涨一点儿，真是……"

奶奶又问："听时敏妈妈说，最近卡车的活儿也不多。"

爸爸垂头丧气地回答："冬天经常都没什么活儿。"

冬天不怎么建房子，也就没什么要运的建筑废料，而如果石油价格上涨，开卡车的成本就会上升，爸爸盈余的钱就少了，所以爸爸才叹气的。

我突然有些好奇："为什么石油价格会一直上涨呢？"

爸爸答道："你知道韩国挖不出石油吗？"

"知道，所以都是进口的。"我马上答道。虽然我学习不好，起码这还是懂的。

爸爸继续解释："没错，但是生产石油的国家降低了石油产量，产量少了，想要买的人却很多，油价就会涨。"

我又问："为什么降低产量呢？多生产一些，不就能多卖一些，也能多赚一些钱啊。"

"并不是那样。如果石油产量大于人们的需求，价格就会下降，这样反而赚少了，所以生产石油的国家要一边计算怎样让利益最大化，一边调节石油产量。而且，即便

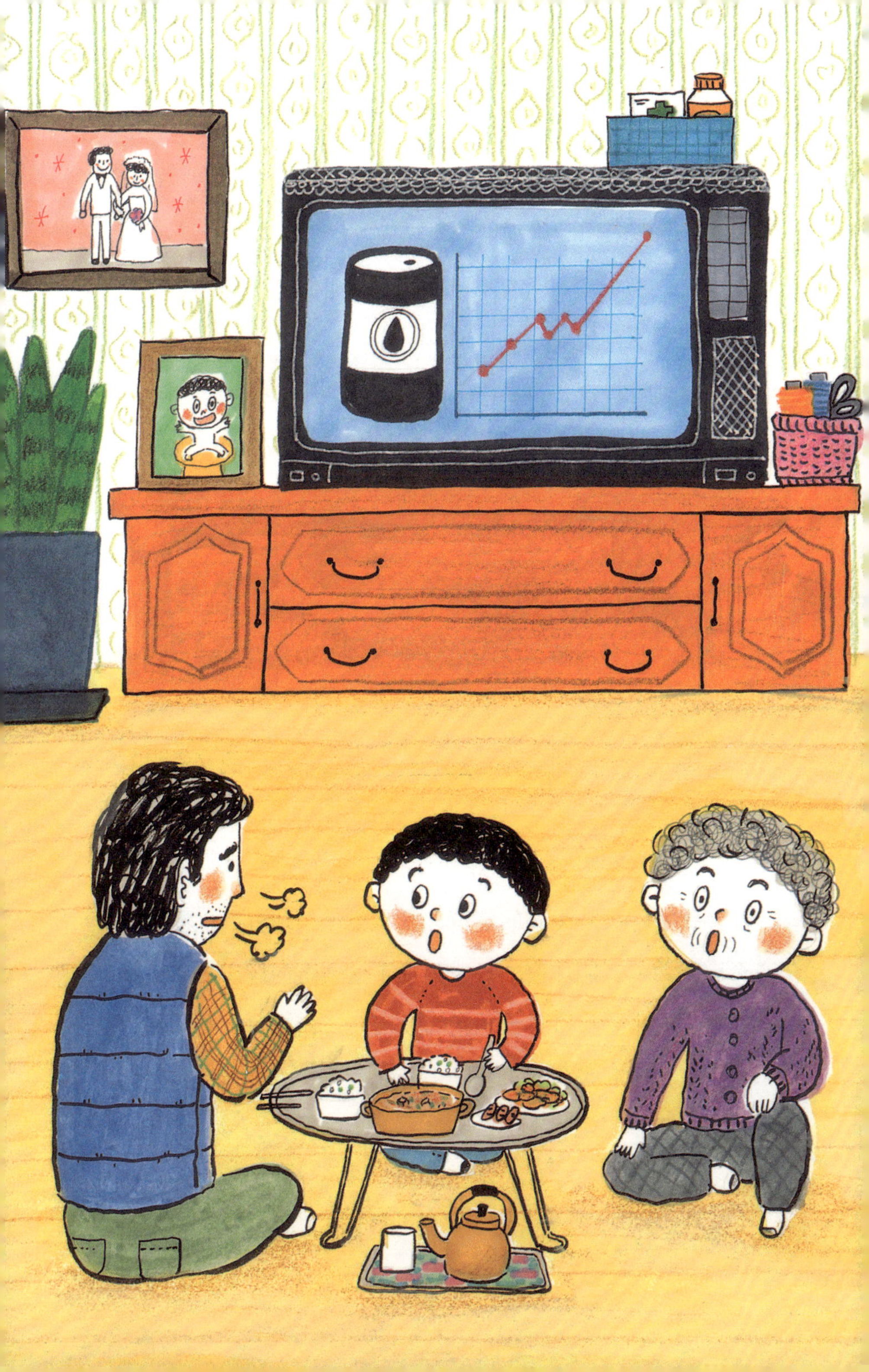

是有石油的国家,他们石油的蕴藏量也是有限的,不能胡乱开采。"

在一旁听着的奶奶开口了:"那他们也不能一直涨价啊,也得有个度啊。"

这话说得没错,最终受害者是我爸爸、我们家。

爸爸又叹了一口气,说:"这就是资源战争啊。"

听到"战争"两个字,我吓了一跳,问道:"战争?哪里打仗了吗?"

听到我的话,爸爸笑着答道:"哈哈哈,不是拿着枪打来打去那种战争,这个战争是说资源的量是一定的,但需要它的人很多,人们像打仗一样互相争夺。"

听到不是真的打仗,我放心了,但随即,我又觉得有些不可思议。

"我怎么突然就产生好奇心了呢?"

我平时没有想做的事情,没有想去的地方,也没有好奇的东西,但刚才突然一股脑提了这么多问题,真是太奇怪了。看来是最近看到爸爸为没活儿干而难过,我不知不觉也在意了起来。我果然是个善良的孩子,只是爸爸妈妈并不知道。

吃过晚饭，爸爸匆匆站起身，说："我走了。"

这次奶奶没有挽留。

"走吧，明天凌晨就要出车，肯定很累。"

爸爸一边穿鞋子一边说："别太担心，我接了一个一周的大单子，明天就开始干。"

爸爸应该是担心奶奶听了自己刚才的牢骚话放心不下。

"好的，你路上小心。"

奶奶拍了拍爸爸的背，爸爸摸了摸我的头。

"牛时敏，乖乖听奶奶的话。"

"会的。"

我说完，爸爸就登上卡车，疾驰而去，但我总觉得爸爸的卡车看起来有气无力的。

爸爸的卡车消失在视野里，我猛然清醒过来。只剩下我和奶奶两个人了，别扭的气氛突然充满了整间屋子。我手足无措地待着，而奶奶在收拾饭桌。

"时敏啊，赶了这么远的路，该累了，回房间歇歇吧。"

"嗯。"

我马上答应了，走进那个将要睡一个月的房间，里面除了一个小衣柜和一张小炕桌，什么也没有。而且，天已经暗了下来，后院里漆黑的树影在窗口晃悠，让人汗毛直竖，我赶紧把窗帘拉了起来。

我最讨厌漆黑的夜晚，然而荒郊野外的黑夜本来就比城市来得更快，更别说现在是冬天了。想到要在这里过一个月，我的眼泪在眼眶里打起转来。

"妈妈警告我的时候就该听啊。"

迟来的后悔淹没了我，悲伤涌上心头，放着没拆的行李，我蜷缩在房间的一角。

可这时，可能是因为一整天精神紧张，肚子痛了起来。不是说心情不好，身体也会不好吗？

"是精神压力太大了吗？"

肚子里面排山倒海，咕噜咕噜，还开始放屁，这是要大便的信号啊。完了！得上厕所了，但不能去。院子里那个厕所破破烂烂，还臭得要命，进去就不能呼吸，而且，现在外面已经完全黑了，绝对不能去上厕所。我用不成功便成仁的信念夹紧屁股，默念咒语："进去吧，进去吧。"

这是我在没有条件上厕所时念的特别咒语，但现在不知道怎么回事，这个咒语不灵光了。

肚子扭成了一团,里面在上演"大闹天宫"。我攥紧拳头,更加用力,可是无济于事,已经冒起了冷汗。我再也忍不下去,跑向门廊,边跑边喊:"奶奶,我要上厕所!"

奶奶在厨房里回过头来,漫不经心地说:"去吧,你知道在哪儿吧?"

我是因为不知道才叫奶奶的吗?是因为害怕啊!但我实在没法把原因说出口,男子汉是要面子的。

我急急忙忙穿上鞋子,飞奔到厕所,一把把门打开,刺鼻的味道马上堵住了我的呼吸,我一手捂住鼻子,一手摸索电灯开关。

咔嗒!

但是灯没有亮,咔嗒咔嗒,我又重复按了几遍,都是一样的结果。

我慌了,大声喊道:"奶奶!灯不亮!"

"哦,对!厕所的灯泡坏了。"

灯泡坏了？要在这黑漆漆的地方拉屎吗？我不知所措。

奶奶站在院子里，不当回事，她说："要是害怕，你就开着门。"

"什么？！"我惊叫道。

开着门？我已经10岁了，怎么能干这种事？还要在奶奶面前干这种事。

我没好气地说："不要！"

奶奶背过身去，说："有什么不好意思的，我不看你，你放心吧。"

最终，我还是开着门办完了大事。虽说每次来奶奶这里都有种不祥的预感，但谁能想到会发生这么可怕的事呢？而罪魁祸首还只是一个小小的灯泡。

我们需要能源

什么是能源？

大家听说过"能量"或者"能源"吧？我们筋疲力尽的时候会说"能量都用光了"，肚子很饿的时候会边吃边说"要补充能量"，又或者应该听说过"要节约能源""能源不足""能源枯竭"等说法。

"能量"就是物体拥有的能够做功的能力，英语的"energy"（能量，能源）来源于希腊语"ergon"（行动，工作），意思是"储存在物体内部的能量"。人类呼吸、思考、运动，都需要能量，我们通过吃东西、消化，获取能量。不仅是人类，宇宙里的万事万物都蕴藏着能量，而蕴藏能量的一切事物，被称为"能源"。我们身边存在着各种各样的能源来源，如太阳、风、石油、煤炭、天然气等。

我们借助燃烧或收集能源来烹饪食物、温暖房间、驱动机器、制造产品、驾驶车辆，因此能源是我们日常生活中不可或缺的存在。

能量的形态是多样的，有的是发光的光能，有的是让物

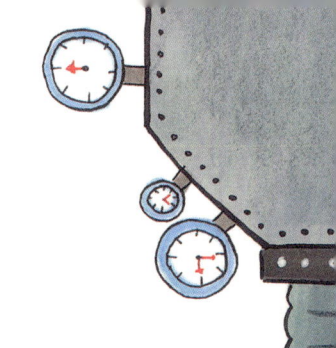

体运动的动能，有的是让电子移动的电能，有的是烧菜和取暖的热能。

除此之外，能量还可以通过变换形态来工作。打开电灯会发光，是因为电能变换成了光能；电风扇转动会感到凉快，是因为电能变换成了动能。

化石燃料

现在使用最多的能源就是石油、煤炭、天然气等化石燃料。化石燃料是埋在地下的生物长期经受高温高压，最终慢慢演变而成的，燃烧化石燃料就可以得到能量。

石油是埋藏在地下的生物残骸经过漫长时间的演化而来的。我们利用石油，让交通工具动起来，让暖气热起来，让工厂运作起来，还制造出塑料和衣服等物品。假如没有了石油，我们简直一天也活不下去。

煤炭是植物埋藏在地底下，经受复杂的化学变化和高温高压而形成的黑色固体。蒸汽机自诞生以来就是使用煤炭作

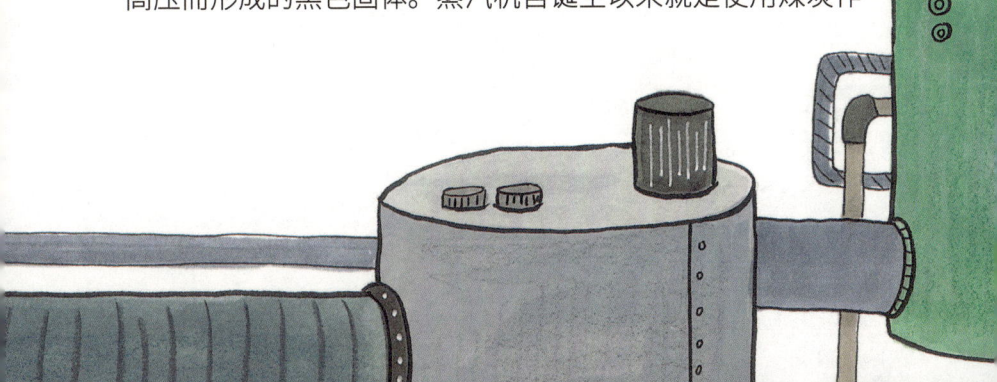

为燃料的。随着蒸汽机的出现，铁道交通和工厂诞生了，工业取得了巨大发展。煤炭还是火力发电的重要原料，当然也被用作取暖的原料。在所有化石燃料中，煤炭蕴藏量最丰富，价格最低廉，但开采难度大，而且燃烧后会产生大量有害物质。

另外，天然气是指油田或者煤田等地区产生的天然气体。燃烧天然气时，产生的有害物质少，是备受关注的无公害能源，被用来供应城市燃气，充当家用燃料和公交车燃料。

但是化石燃料最大的问题就是蕴藏量有限，据说按照现在的使用速度，100年后，煤炭就会用完，40年后，石油就会用完。

还有，化石燃料燃烧时产生的大气污染物也是一大问题。尤其是，二氧化碳等温室气体使全球气候变暖，地球各个地方正不断出现气候异常现象。韩国最近面临的空气污染问题主要也是因为燃烧化石燃料排出的气体。

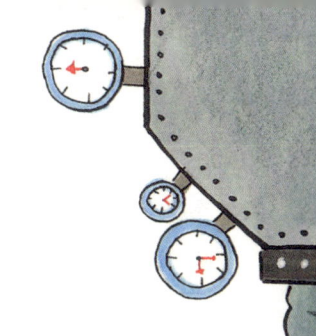

能源战争

世界各国为了获取能源，正展开激烈竞争。尤其是为争夺石油展开的竞争，激烈到称为"战争"也不为过。为了占据产油的油田确实发生过真正的战争，并且油价左右着世界经济。

从 2008 年 2 月开始，国际原油价格进入每桶（石油的计量单位，一桶 159 升）100 美元以上的超高油价时代。对于韩国这种不产石油的国家而言，可谓危机迫在眉睫。如果原油价格上升，电费和运输费等一切与石油化学产品相关的费用都会上升，最终导致物价上涨，国民生活陷入困难。

这也是石油引发纷争的原因之一。2003 年，美英等国以伊拉克持有"大规模杀伤性武器"、"解放"伊拉克人民为由，攻打伊拉克，但这不是真正的原因。有观点认为，这是因为美国觊觎伊拉克的石油蕴藏量。

不仅如此，在北冰洋、委内瑞拉、西非、几内亚湾等地，周边国家也因石油和天然气等资源发生激烈的摩擦。

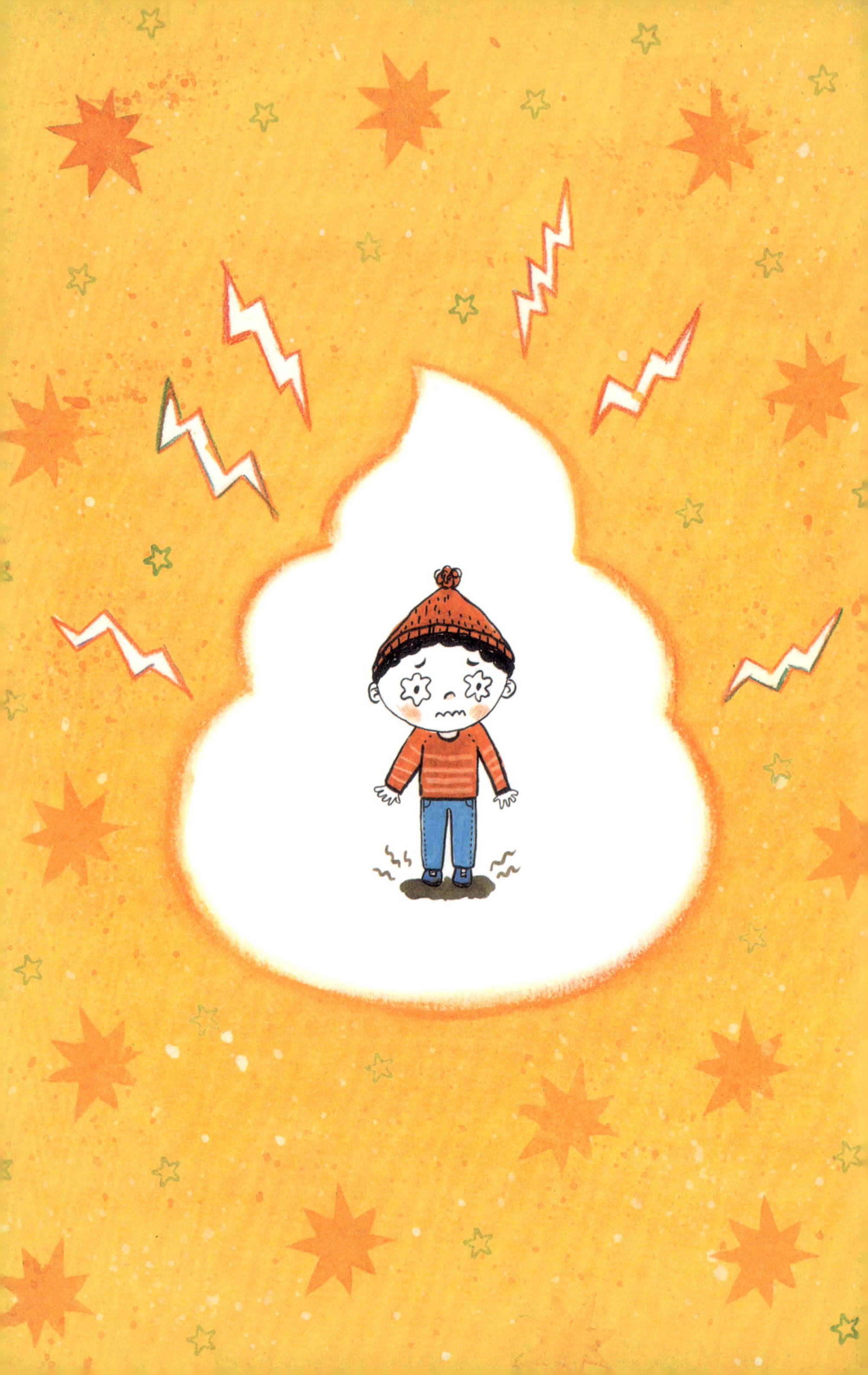

第 2 章

一波三折的屈辱日

厕所风波只是一个开始，我吃了奶奶给的消化药，肚子才慢慢平静了下来。大概是刚才折腾这一番耗费了太多精力，全身的力气仿佛被抽空了。

奶奶一边给我盖被子，一边说："你睡觉总是踢被子，但是在这里睡觉踢被子，很容易冻感冒的，得盖得严严实实地睡觉。"

"嗯。"

"半夜肚子又疼的话就叫我。"

"嗯。"

嘴上虽是答应着，但心里正因为刚才的遭遇而烦闷不堪，只希望奶奶赶紧回到自己房间去，心里打起了小算盘。

"奶奶，现在不是播电视剧的时间吗？"

奶奶非常爱看电视剧。她来首尔的时候，从吃过晚饭到睡觉之前，一直换着频道不间断地看电视剧。

果然不出我所料，奶奶说："对啊，现在几点了，应该开始了。"

奶奶火急火燎地往她的主卧赶。

我心想"终于可以喘口气了"，躺在褥子上，伸展成"大"字，全身上下一丁点儿力气都没有了。

奶奶的房间里开始传出电视的声音，根据这烘托氛围的配乐和主角的高声喊叫，奶奶看的肯定是一天到晚互相报复的狗血连续剧。奶奶骂着："这家伙是个坏人，真是坏透了。"却又看得欲罢不能。

不知道过了多久。

"哎哟，怎么开着灯睡觉啊。"

是奶奶来了，我不知道什么时候睡过去了，而奶奶看我房里还亮着就来关灯了。啪嗒一声，奶奶把灯关掉，关上门出去了。紧接着，我又听到奶奶房里啪嗒一声，灯灭了。

整个世界没入了黑暗中，但是周围越黑，我的意识就越清晰，每一条神经都绷紧了，一丝一毫的声音都能钻入我的耳朵。树枝迎风摇曳碰到窗户发出了声音，远处某个人家养的狗在叫唤，后山有各种动物在鸣叫。

"我太讨厌黑暗了，好可怕。"

从我小学一年级开始，妈妈就开始去饭馆打工，她下午出门，直到半夜11点左右才会回来，有时候爸爸晚上会在家里，但他不在的时候，我只能一个人待到11点。

我总是很害怕黑夜，而战胜黑夜的办法就是关紧所有窗户，打开家里所有的灯。直到现在我还是习惯开着灯睡觉，而奶奶却把灯关了。这里可比家里还黑，还可怕啊！

黑暗渐渐把我压倒，意识更是清晰，不知名的奇怪声音在耳畔盘旋。关了灯以后，窗外的月光显得更加明亮，映照出来的摇曳树影仿佛是人在舞动，不，是像鬼在飘动。鬼是无孔不入的，即便关上门也能进来。

"难道这里也能进来？"

我不敢往下想，唰地起身，以最快的速度把房间里的

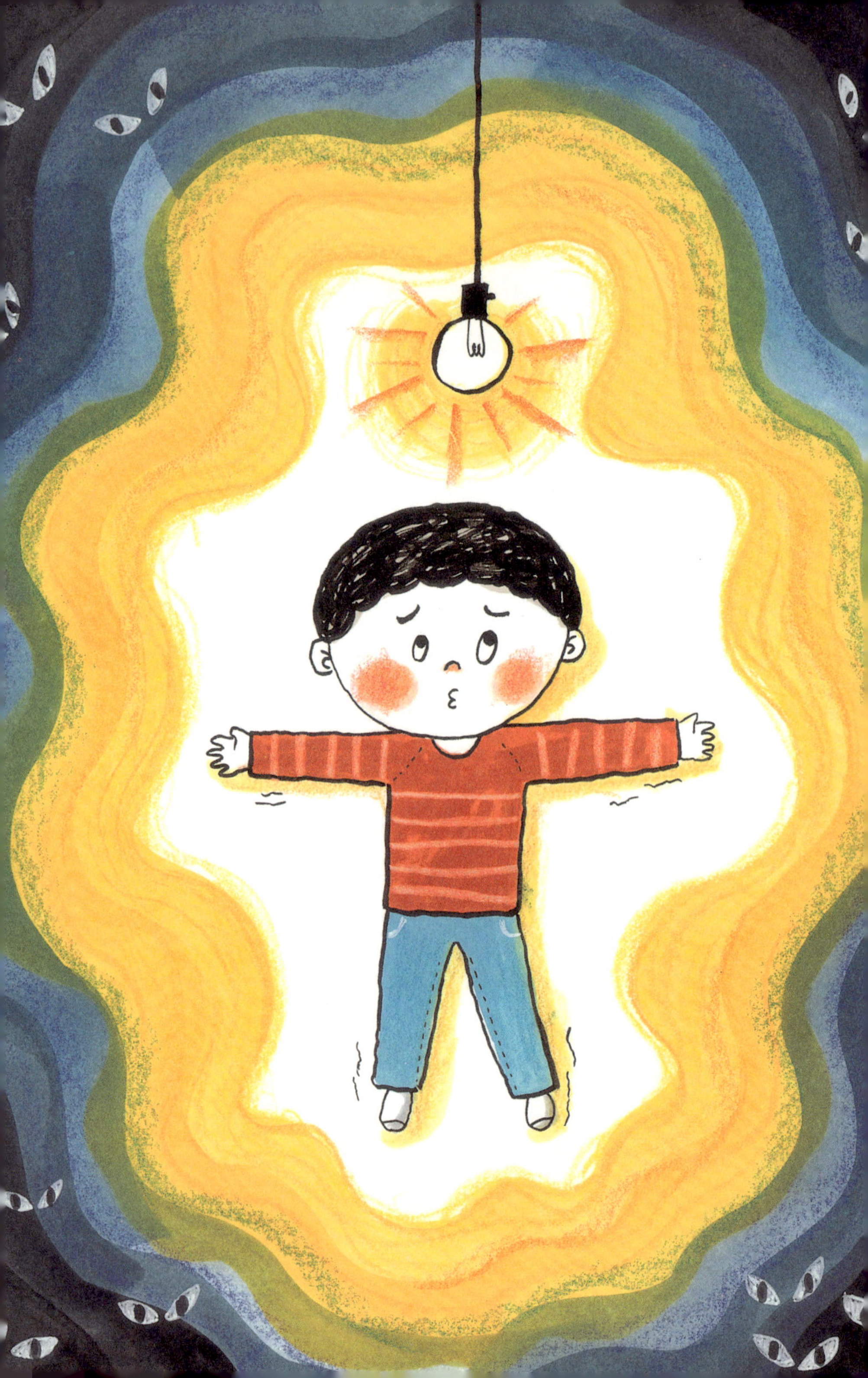

灯打开，环顾四周，所幸没有鬼。

"呼，得救了。"

我安心地长舒了一口气，一盏小小的电灯就把我刚才积压在心头的恐惧一扫而空，同时隔壁房间传来了奶奶的鼾声，我安心躺下，再次进入了梦乡。

然而问题发生在第二天早晨。

"哎呀！这是开了一夜的灯吗？"奶奶的惊叫声打碎了我的甜梦。

本来想着在奶奶起床之前把灯关上，却睡过头了。我揉着眼睛，坐起身，奶奶关掉灯的同时打开了唠叨的阀门，无边无际的唠叨朝我奔涌而来。

"开了整晚的灯，电费得多少啊？就说现在的小孩在家被宠惯了，都不懂得珍惜了。"

接着奶奶的唠叨进入了第二章。

"你爸爸每天起早贪黑开卡车，忙得连午饭都吃不上才赚来的钱，最近还说没什么活儿。你作为儿子，要知道爸爸的辛苦，这样大手大脚花钱怎么行？"

确实，开着灯睡觉是我的错，奶奶为了省钱，大冬天都不开暖气，对她而言，这确实是莫大的浪费。但我也

没办法啊！如果不开灯，我一整晚都不用睡了。再怎么省钱，也不能放任我，她唯一的孙子害怕得瑟瑟发抖，彻夜不眠吧。

但是这样的话我说不出口，即便说出口又能怎样呢？奶奶不知道我恐惧独自入睡的夜晚，所以也不会理解我为什么长这么大,还要开着灯才能睡着。

　　一大早,我就已经听了一箩筐的唠叨。奶奶说是为我好,但我不这么认为,因为这都是奶奶站在自己的立场说的话,一点儿也没有考虑过我的难处。

　　奶奶的唠叨当然不会到此为止,当我开热水洗脸的时候。

　　奶奶就说:"怎么能放着热水哗哗流呢?这得多少钱啊?"

　　奶奶就算在寒冬腊月里也用冷水洗碗,她的房间也像个冰窖。昨天爸爸打开暖气阀的时候她没阻止,但是今天除了我的房间还开着暖气,奶奶的房间早就关掉了。

奶奶三句话不离钱,我真的无法理解。钱确实是爸爸辛辛苦苦挣来的,每个月给奶奶的生活费也确实不多,但也不至于过得这么寒酸吧?我跟奶奶还真的相处不来。

"没错,我没法这样待一个月。"

趁着奶奶去上厕所的空隙,我溜进房间里给妈妈打电话,想要央求妈妈放我一马,发誓再也不打游戏。然而我拨了三遍电话,妈妈都没有接,她肯定知道我要说什么,才故意不接的。给爸爸打电话也是一样的结果,他说凌晨就要出车,现在应该正在开车吧。

我又气又恼,眼泪掉了下来。我的人生怎么会沦落到这种地步?太让人心寒了。

就在这时。"时敏啊,时敏!"奶奶在叫我。

我只好擦掉眼泪走到门廊去,奶奶的目光扫过我的脸,问道:"要跟我去村里的活动中心吗?"

所谓活动中心,就是奶奶跟村里的老太太们一起聊天的地方,我为什么要跟着去那个地方呢?

我垂着头答道:"不去。"

突然奶奶好像想起了什么,说:"对了!汉娜来了,要不去汉娜家玩儿？"

汉娜是奶奶朋友的外孙女，跟我一样大，但实际上我从未见过她。我立马推托道："不了，我要学习。"

妈妈给了我一本数学练习册，让我一定要在回家前做完。当然，我也没有真要马上做练习册的意思，但没有比学习更好的借口了。

"好吧，那你学习，我中午就回来。"

"好。"

我话音刚落，奶奶就头也不回地出门了。我扑通一声躺倒在门廊上，发了好一会儿呆，突然动了一个不该动的念头："这时候要是有一台电脑就完美了。"

想到这儿，我一骨碌坐了起来，现在究竟在想些什么，要不是电脑游戏，我至于变成这副模样吗？现在竟然还在想它？这样下去不行，所以我决定出门去，在村里转转。

奶奶家位于村里地势比较高的地方，沿着山坡往下走，向周围望去，只看见各家各户看家的狗，却不见一个人影。村里几乎没有年轻人，大家要么去城里上学，要么去城里赚钱，剩下的基本都是和奶奶年龄相仿的老人。

而整个村里的老头儿老太太都是吃过早饭就在活动室集合,在那里做手工、拉家常,这也是奶奶不顾爸爸的恳求,执意留在村里的最大原因。

我在心里有一搭没一搭地想着,一路往下走,突然想到奶奶说的那句"要不去汉娜家玩儿"。

正前方的屋子就是汉娜姥姥家,我不自觉地朝里看,汉娜的名字真的听了无数遍了,因为汉娜姥姥是奶奶最好的朋友。

关于这个素未谋面的人,我从奶奶的嘴里听了太多,像是汉娜学习有多好啊,汉娜有多懂事啊。可能是听多了这种话，我对这个叫作"汉娜"的，到头来只有讨厌。因为听着奶奶说汉娜学习有多好，多有礼貌，就好像听着奶奶说我学习有多差，多没礼貌似的。既然都到这儿了，那就看看这个人的庐山真面目。

"你是谁？"

突然从背后传来尖厉的嗓音。

"妈呀！"

吓我一跳，我惊叫着扭过头去。

一个女孩正睁大眼睛瞪着我，再一次向我发问："你是小偷吧？"

小偷？我慌张地连连摆手，否认道："不……不是小……小偷。"

但是这个女孩毫不退让，说道："那你为什么鬼鬼祟祟地偷看别人家里？"

别人家？那这个女孩就是汉娜？我更慌乱了，一边后退一边解释："不，不是，是……是路过，看了一眼，我说的是真的。"

但汉娜喊得更大声了："站住！别动！"

我更害怕了，继续往后退，说道："对……对不起，我只是……"

可是就在这一瞬间,脚下传来软绵绵的触感,这是什么?汉娜看着我,五官都皱在了一起。我的预感不是很好,低头一看,嚯,是这玩意儿!

"咦!屎!是屎!"

原来我的脚在地上一通乱踩,最后踩到了牛粪,可这鞋子我才刚穿一个月,是新鞋啊!我赶紧走到

路边，用落叶擦鞋子上沾着的牛粪，这个恶心的气味，仿佛蔓延到全身。

"啊！这也太倒霉了！"

从昨天到今天，总是发生跟屎有关的事情，太奇怪了。

汉娜对我说："看吧，不是叫你站住别动，哈哈哈！哈哈哈！"

也不知道为什么这么好笑，汉娜笑得直拍手。原来她刚才叫我站住不是因为生气，而是怕我踩上牛粪，那看见牛粪就告诉我有牛粪啊，只说站住谁听得懂啊。而且，把快乐建立在别人的不幸上，真是个怪人。还有，难道不是她突然冤枉别人是小偷，我才被吓到踩了牛粪的吗？这么看来，我之所以踩牛粪，全怪汉娜。

可即使怪她也改变不了丢人的事实，我恼羞成怒，脸红到了脖子根。

"啊！真是屈辱啊！"

我脑子里只有一个念头，那就是得赶紧回去。我整理了一下思绪，踩着鞋底的牛粪一瘸一拐地走。

汉娜却在背后叫住了我："你就这样走吗？踩得整条路都是牛粪？被人看到了会很丢人的呢。"

救命！她的话直击要害，被人看到了肯定整个村子都会知道我踩到牛粪，这可是连邻居家里有多少个勺子都知道得清清楚楚的地方啊。

汉娜说："去我家擦干净再走吧。"

刚才笑得直拍手的人怎么突然变得这么体贴，但我没有选择的余地，只能跟着汉娜去她家。

汉娜指了指水龙头,说:"去那里擦吧。"还给了我一把长长的刷子。

"谢……谢谢!"

我用刷子刷去新鞋子上的牛粪,但即便把牛粪都刷掉了,鼻子里还是充满着牛粪的味道。

这个村子里每三户就会有一户人家养牛,村名叫作"牛便里",正是因为村里养了很多牛,牛粪非常多。爷爷去世以前,奶奶家也养牛,这也是我不喜欢来奶奶家的原因之———走到哪儿都要闻牛粪的味道。爷爷去世以后,奶奶就把牛都卖了,这才没了牛粪的味道。

然而,汉娜家现在还养着牛,自然就会有牛粪的味道。瞬间,我产生了怀疑:"路边的牛粪难道是汉娜……"

我回头看见汉娜正跨坐在门廊上,正对着我嘻嘻笑着。真的很可疑,但我没有证据。我把手擦干净站起来,汉娜也站了起来。

"我们认识一下吧!我叫姜汉娜。"

别人跟我打招呼了,我于是也说了自己的名字:"我叫牛时敏。"

"牛时敏?牛屎敏?哈哈哈!"

啊！真是个怪人，是怎么瞬间掌握我的外号的？我在学校的外号就是牛屎敏。汉娜跟学校的同学一样，从第一次见面就开始嘲弄我的名字。

看到我绷着脸转过身去，汉娜问我："生气了吗？哎哟，这有什么好生气的？"

我更生气了，头也不回地往家里走，同时下定决心，在这一个月里，绝对不从汉娜家门前经过。

这时，身后的汉娜对我喊道："路上小心，别又踩到牛粪了，哈哈哈。"

姜汉娜，我们永远不可能成为朋友。

家里使用的能源

电能

现代生活中使用最多的能源就是电能。电灯、电视、电冰箱、电熨斗、电吹风等家用电器，都是用电的。

电能产自水力发电站、火力发电站、核电站、新能源发电站……从这些发电站来的电能，通过地面或地下的电线，输送到工厂、家庭、学校，以及各种场所。

电力要想长期大量储存，是很难的，所以如果生产的量多了，会造成损失。但是，只要有瞬间不足，就会造成停电，我们的生活就会极度不便，经济也会蒙受巨大损失，所以我们总是储备一定的电力资源。

如果电力供应不足，甚至会引发大面积长时间停电。因此，我们必须养成节约用电的习惯。

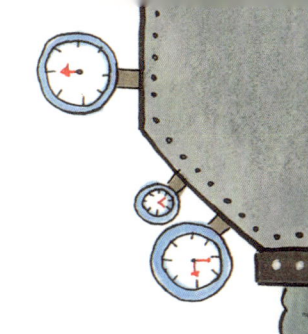

燃气

在韩国,家用暖气和燃气炉的主要燃料是城市燃气和液化石油气。

城市燃气一般是指城市中用于家庭或小型工业的燃气,小型工业用燃气一般在煤气里掺入石油气、天然气、液化天然气混合而成。家用燃气使用最多的是天然气。天然气不同于煤气,它不含一氧化碳,还是高热量燃气,使用起来很方便,储存和运输也很方便。

液化石油气是开采或加工石油时产生的气体,经过冷却或常温高压工序,被压缩成液体形态。

在家节约能源的方法

1. 拔掉不用的插头

待机能耗是指电器即使不开机,也会通过插在插座里的插头流失掉的能源。也就是说,即使不使用电器,电也会白

白流走。10% 的家庭能源以待机能耗的形式浪费掉了，这么看来，是不是可以拔掉不用的插头呢？

2. 维持适当的室内温度

夏天把室内温度设置在 26 摄氏度到 28 摄氏度，冬天把室内温度设置在 18 摄氏度到 20 摄氏度。温度太高或太低反而损害健康，维持适宜的温度有助于预防过敏和呼吸道疾病。冷气或暖气每调节 1 摄氏度，就能节约 7% 的能源。而且，冬天如果穿上秋衣，就可以把暖气温度降低 3 摄氏度，这样可以减少约 20% 的用电量。

3. 不要频繁打开冰箱门

如果频繁打开冰箱门，冰箱里的冷空气会跑掉，而外面的热空气会进去，就会浪费电。特别是如果冷冻室打开 6 秒以上，这 6 秒内升上去的温度，需要花 30 分钟才能再降回去，无疑会耗费大量的电能。所以为了省电，不要频繁地开

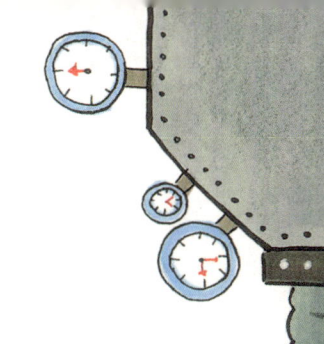

冰箱门。顺带说明，冷冻室的温度以零下 15 摄氏度到零下 8 摄氏度为宜，冷藏室以 3 摄氏度到 4 摄氏度为宜。

4. 关掉多余的电灯

20% 的家庭用电在电灯上，但其实只要关掉多余的电灯，就可以省下大量电能。要养成离开房间就关灯的习惯，晚上一定要关灯睡觉，白天只要阳光充足就马上关灯。

5. 用电风扇或扇子代替空调

开一台空调相当于同时开 30 台电风扇，你说是不是尽量用电风扇或扇子代替空调更好呢？而且开一会儿空调再开电风扇，其实跟开很大的空调一样凉快，这也不失为一种省电方法。

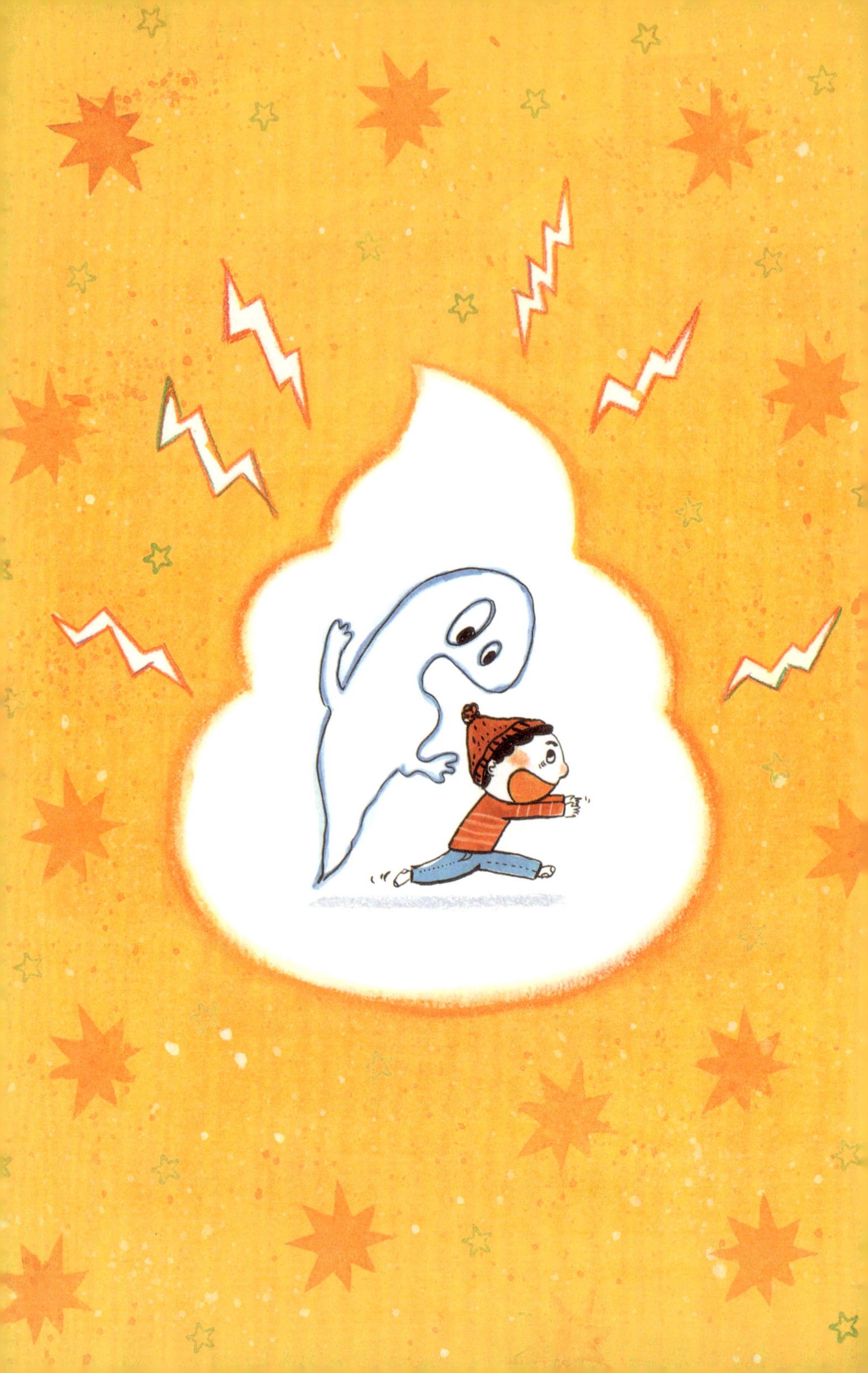

第3章

撞鬼风波

晚上吃过饭,刚回到房间,就听到外边有人喊:"在家吗?"

奶奶非常高兴地回应道:"唉?是汉娜姥姥来了。"

听说是汉娜姥姥,我猛然想起今天白天发生的事情,是汉娜把我踩牛粪的糗事报告她姥姥了,现在来我们家给我奶奶说这件事吗?

我赶紧把耳朵贴在房门上,这时我听到了汉娜的声音:"奶奶好!"

"噢!汉娜也来了。"奶奶高兴地欢迎她。

汉娜姥姥说:"吃过晚饭有些无聊,就来了,听说时敏来了。"

汉娜肯定把我今天踩牛粪的事情打小报告了,接下来就该说这件事了。但是奶奶十分不合时宜地大喊了起来:"时敏啊!时敏!出来打个招呼。"

我出去也不是,不出去也不是。正当我不知如何是好的时候,唰的一声,奶奶拉开了房门,我像一道闪电一样整个人躺到地板上装睡。

"已经睡了?"

奶奶要是能就这样离开就好了,可

她硬要把我叫醒,喊道:"时敏呀,起来吧,汉娜来了。"

"啊?哦,好。"

最后,我装着睡眼惺忪的样子,爬了起来,跟她们打了个招呼:"你们好!"

"你好!长得挺清秀、挺帅的嘛。"

第一次听别人这样说,汉娜姥姥肯定是想套近乎才这样说的。

奶奶却连这都听不出来就顺杆儿爬,高兴地说:"我不是说过嘛,这孩子是全校最帅的。"

真是彻头彻尾的大话。无论是外貌还是成绩,我在我

们学校连中等都算不上。奶奶也没有见过我们学校所有人，就在这里夸下海口。

汉娜听到这句话扑哧笑了，顷刻间，一股无名火涌了上来。纵使这不是实话，也不用嘲笑吧？

然而，下一秒就发生了更加可怕的事情。

汉娜姥姥说："你们俩去玩吧，我们去看电视了。"

我惊讶得瞪大双眼，汉娜却不识时务地说："好的，姥姥。时敏呀，我们玩些什么呢？"

我真是从没见过这样的人，她来这里也一定有什么目的，但是汉娜姥姥到现在还没提到牛粪的事，那应该是汉娜还没说，可她们为什么要来呢？绝不是为了来玩儿，我心里生出一种不祥的预感。

看到我杵在原地一动不动，奶奶催促道："去房间里玩儿吧。"

我一脸不情愿地回应道："没有什么好玩的。"

这其实是真话，房间里只有我带来的一本数学练习册和三本童话书，这有什么好玩的呢？

而我的话仿佛正中汉娜下怀，她对奶奶说："奶奶，去我们家玩可以吗？去打电脑游戏。"

我的耳朵瞬间竖了起来,电脑游戏!也就是说汉娜家有电脑,可以去那里玩游戏。

一时间,我有些挣扎,可以打游戏这件事情,深深吸引了我,但要跟汉娜一起玩总让我感到不安,预感会发生像白天踩牛粪一样的倒霉事。

可是我还没来得及说什么,汉娜姥姥答道:"好啊,我看完一集电视剧就回去。"

奶奶也同意了,说道:"路上黑,你们小心,一会儿去接你。"

我不得不跟着汉娜走了,但这无异于奶奶同意我去打游戏,也算是万幸。

然而,一从家里出来,汉娜就问我:"牛时敏,你胆小吗?"

我被突如其来的提问打了个措手不及,脑子一热,说了一句大话:"不,我胆子不小。"

实际上我胆子很小,尤其是在晚上。但汉娜并不知道我的真实想法,对我说:"那太好了,我有一个很想去的地方,但是自己去有点儿怕。"

刚才不是说好要去打游戏的吗?现在又在说些什么

啊？我不安地问道："不是打游戏吗？"

"会去打游戏的，只是在那之前想先去一个地方。"

"什么地方？"

"跟我来。"汉娜先我一步出发了。

我不安地再次发问："要去哪里？"

"哎呀，真是的，你跟着就是了。"汉娜头也不回地往前走，我看着她的背影犹豫不决。

"这应该跟上呢，还是不跟上呢？"

汉娜已经走出了一大段距离，她回过头来，给了我

"致命"一击:"你不是说自己胆子大吗?"

我什么时候说我胆子大了,只是说胆子不小。但到了这个时候,我也不能说自己胆子小啊。我不得不跟着汉娜往前走。刚才那种不祥的预感重新涌了上来。

跟着汉娜走了5分钟,她指着奶奶家反方向的一个山坡,说:"就是那里,我想去那儿。"

天已经完全黑了,山坡上却有点点灯火。

"那是哪里?"

"小学。"

"这个村子还有小学?"

我从没听说过这个村子有小学,年轻人都走了,只剩下老人们留在这儿,怎么会有小学。

"那是我妈妈读过的小学,你爸爸应该也在那里上过学,虽然现在已经关掉了。"

这么说来,我好像是听说过爸爸在村里上小学的事情,可是为什么要在这个点儿去废弃的学校呢?

刹那间,脑海里浮现出电视娱乐节目上的场景。漆黑的夜里,透过破碎的窗户看去,七零八落的桌椅,上面落满了灰尘,挂满了蜘蛛网,就在那里,出现了一个身穿白衣的鬼。光是想象,我就起了一身鸡皮疙瘩。

"你是说现在要去那里?为什么要挑这个时间去?"

我怀着恐惧抛出了疑问,汉娜却一脸平静地回答:"我不是说了这是废弃学校嘛,可是你看看,没有可疑的地方吗?"

有什么好奇怪的,到处都黑漆漆的,除了那点儿灯光什么也没看到……

汉娜不耐烦地说:"真是的,你看,明明是废弃学校,为什么会开着灯呢?大晚上的。"

一瞬间我全身上下的汗毛都竖了起来。

"是鬼……鬼?"

我的表情就像一只受惊的兔子,而汉娜却突然爆发出笑声:"哈哈哈!你现在的表情好搞笑。"

她真是个不可理喻的人，我在说鬼呢，她竟然还笑得出来，是在耍我吗？

所以，我生气地吼道："喂！你在开玩笑吗？"

听到我这样说，汉娜一脸抱歉地对我说："对不起，你的表情实在是太逗了，我不自觉地就笑了出来。但是那里不奇怪吗？暑假来的时候，从没见过那里开灯，但昨天发现那里开着灯。"

"那白天去看也行啊。"

"哎哟，你见过白天闹鬼的吗？晚上才能知道是不是鬼啊。"

"也有可能是人啊。"

说完我也觉得这话荒谬，也不是什么住宅，怎么会有人……

"如果是有人在那里，就什么事也没有了。"

我算是明白了，动嘴皮子是绝对赢不过汉娜的，所以我快速转过身去，说："那你自己去吧，我不去。"

汉娜对着往回走的我大喊道："如果我一个人去，被鬼抓走了怎么办？"

难道两个人去就不会被抓吗？我一声不响继续往

回走。

汉娜继续大喊道:"不去就不去,记住,如果我没回去,那就是被鬼抓走了。"

管你有没有被抓,我假装没听见,继续走,但走着走着听到汉娜最后对我喊了一声:"胆小鬼,牛屎敏!"

什么?胆小鬼牛屎敏!这是我最讨厌的外号,怒火瞬间冲上了天灵盖,我回头对着汉娜大叫:"什么?"

但汉娜好像也生气了,正在往山坡上走,我心里诅咒道:"让鬼把你抓走吧,哼!"然后头也不回地往家里走,走到家门前听到了电视的声音。

突然,眼前浮现出这样的场景,如果我一个人回家

了，奶奶们一定会质问我，汉娜去哪儿了，怎么一个人回来。如果我说，汉娜去了废弃学校，她们一定会责备我放着汉娜一个人去那种地方，即便我说自己阻止过她，奶奶们也会认为我是一个没有义气，没有责任感的孩子。

"怎么办？"

要不要回去呢？与此同时，我开始有些担心汉娜，对刚才诅咒她被鬼抓去耿耿于怀。

"如果汉娜真的被鬼抓走，而我没有坚持把她拦下，是不是也有责任呢？"

姜汉娜，真是个大麻烦。最后我还是沿着原来的路往回跑，跑到跟汉娜分开的地方却没见到她，看来她真的是一个人去了。

我一边沿着山路往上跑，一边喊着："姜汉娜！姜汉娜！"但是哪里也没有她的身影。

"不会已经被鬼抓走了吧？"

我脊背发凉，但绝不能在这里打退堂鼓。我一口气跑到了学校，叫着："姜汉娜！姜汉娜！"

就在这时，有人突然扯住了我，还堵住了我的嘴，在我耳边小声说："嘘！小声点。"

我被吓得不轻，扭头一看，是汉娜，她正藏在校门口的柱子后，小心翼翼地往里张望。

我问："鬼来了怎么办？"

汉娜无视我的问题，反过来问我："你是担心我才来的吧？"

这个问题来得猝不及防，我一时语塞。

"我为什么要担心你啊？只是怕把你一个人丢这儿，会被奶奶骂。"

"不管怎样，谢谢你，能跟我一起来。"汉娜是怎么轻而易举地说出"对不起"和"谢谢"的？还有她那些莫名其妙的好奇心，究竟都是从哪里突然冒出来的，真是个捉摸不透的人。

汉娜指着学校教学楼，说："没有想象的恐怖。"

这么看，确实没有电视里看到的场面恐怖。教室里漆黑一片，这微弱的灯光看样子是从教学楼里面透出来的。既然有灯，那里面应该有人。

但是汉娜又开始说离谱的话了："你进去看看嘛。"

我吓得提高了音量，脱口而出："为什么是我？"

汉娜做了一个让我安静的手势，说："嘘！都叫你小声点儿了。"

我压低嗓门说:"好奇的是你,为什么要我进去?你进去看看不就好了。"

于是汉娜说:"那一起进去吧。"

"一定要进去吗?"

汉娜理所当然地说:"来都来了,难道就这样回去吗?"

最终我还是跟着汉娜进去了,光应该是从玄关透出来的,只是往玄关走的这短短一段路,却花了仿佛一个世纪。我全身上下每一根神经都绷紧了,每迈出一步,腿都在瑟瑟发抖。虽然这是一个空旷的操场,但是鬼可以在一瞬间到任何地方,不知道它会不会突然就冒出来。

就这样一路颤抖着走到了玄关门。汉娜透过玄关门往里瞄,说:"里面好像有教室,那里有灯光。"

我也隔着玄关门往里瞄,可就在此时,我看到了走廊里有一个白色的东西咻地过去了。

"鬼……鬼……"

心头瞬间掀起巨浪,我赶紧小声对汉娜说:"汉娜,快跑!"

汉娜大概是没看到鬼,慢吞吞地问道:"为什么?"

我心急如焚,抓起汉娜的手,拼命跑起来,边跑边叫:"有鬼!快跑!"

汉娜也被我吓到了,边跑边问:"真的有鬼?"

"对啊,没看到刚才有个穿白色衣服的身影过去了吗?"

"没看到啊。"

"我看到了,快跑吧,追上来了怎么办?"

汉娜这才开始加速,我们像两支离弦的箭,冲到了学校正门。可是这时,汉娜突然尖叫了一声,摔倒了。

"哎呀!"汉娜被校门的门槛绊倒了。我慌忙问道:"没事吧?"

汉娜站起来答道:"没事。"

怎么偏偏在这个时候摔倒,我怕身后的鬼会追上来,头也不敢回,只是慌张地问:"能跑吗?"

"嗯。"

然而，汉娜刚迈出一步，就一屁股坐下了。

"啊呀！"

我快速弯下腰，对汉娜说："我背你。"

"你说什么？"汉娜不可置信地向我确认。

我一把背起了汉娜，说："背你。"

"喂！"

我对挣扎着要下来的汉娜叫道："别动！"

然后我紧闭双眼，在下坡路上狂奔了起来，也不知道从哪儿来的怪力，把自己都吓了一跳。只是不管三七二十一往前跑，不一会儿就跑到了刚才我跟汉娜分道扬镳的地方。

"没事了。"

直到把汉娜放下,我才回过神来。

汉娜一脸不高兴地问我:"喂!为什么要莫名其妙地背别人?"

我哼哧哼哧喘着粗气,说不出话,但我也不理解,为什么要背着汉娜跑……

"真的是鬼吗?"汉娜脸上写满怀疑。

我一下子就生气了,现在是因为谁才碰上这种事,还有我确确实实看到有白色的东西飘过,被人怀疑的心情实在不好。

我默不作声,迅速转过身去,往家里走。

汉娜对着我的背影喊道:"谢谢你!牛时敏!"

现在,我不会再被这种话骗到了,不能心软,而且想想刚才还背着汉娜跑,太丢人了。

来到家门口的时候,奶奶着急忙慌地从屋里跑出来,她看到我,吃惊地问:"你们刚才去哪儿了?汉娜呢?"

我一声不吭就进了门,奶奶跟着我进屋,问我:"汉娜回家了吗?你们俩都不在家里,可把汉娜姥姥吓坏了,刚才给我打电话过来了。"

"我不知道。"

听我语气不好,奶奶又问道:"怎么了?吵架了?"

我嘭的一声把门关上了,说:"没吵架。"然后铺开被褥,躺在了上面,听见奶奶在外面给汉娜姥姥打电话。

"汉娜回来了吗?嗯,好,时敏也回来了,谢天谢地。"

我用被子把自己从头到脚盖住,陷入了思考。一早起来就被奶奶唠叨,白天踩了牛粪,被叫"牛屎敏",大晚上去废弃学校,甚至背着今天才认识的人跑。一辈子可能都碰不上一回的事情,在今天一件接一件地发生。

而且,无论怎么想,都无法理解,我到底为什么要跟汉娜去那个地方？为什么要背着汉娜跑？要不是真见鬼了，绝对干不出这种事情来。

"啊！鬼！"

想到这儿，脑海里浮现出刚才看到的场景，漆黑的废弃学校里出现了穿着白色衣服的鬼。

"难道真的是鬼？"

刚才汉娜问我是不是鬼的时候，我非常肯定，但是仔细想想，当时看到的只有白色的衣服，还没细看，就开始不顾一切地跑，也没见到那个家伙披头散发或者口吐鲜血的模样。再说，如果是真的鬼，怎么会看不到我们？又怎么会追不上我们呢？为什么就这样放我们走了？

"难道不是鬼？那是谁呢？我只能肯定那是会动的东西。"

大晚上的，废弃学校里不应该有人啊。如果真的是鬼的话，那问题就大了，说不定它什么时候就跑村子里来了。

正当我想东想西的时候，窗户发出了咔嗒的一声。

"妈呀！"

我吓得用被子蒙得严严实实的。

"是鬼跟过来了吗？"

我害怕得全身发抖，汗毛直立，却又听到了有什么东西在碰撞窗户，究竟是什么声音？

真的是鬼追到这里来敲窗户吗？我越想越怕，想要探出被窝看个究竟，但鼓不起勇气。

这时，房门被拉开了。我吓得紧紧攥住被子大叫："救、救命！"

一定是鬼来抓我了。

"时敏，时敏呀，怎么了？"

是奶奶的声音，我掀开被子，一下子坐起来，扎进奶奶怀里。

"奶奶！"

奶奶像抱小孩子一样把我抱在怀里，问："怎么了？做噩梦了吗？"

"不是，刚才……"

我不能跟奶奶说刚才见到鬼了，现在还不确定，说出来怕会吓到奶奶。

奶奶抚摸着我的头，说："听到你尖叫，以为你又做噩梦了。睡吧，睡吧，很晚了。"

"嗯。"

被奶奶像抱小孩子一样抱着,我有点儿害羞,所以赶紧缩回被窝里。

正当奶奶要关灯出去,我不由自主地说出了心里话:"奶奶,能一起睡吗?"

"一起?"

奶奶没料到我会这样说,正当我想要圆回去,奶奶在我身边躺下了,说:"好吧,那就久违地一起睡吧。"

回想一下,在我很小很小的时候,经常和奶奶一起

睡,虽然说了这句话让我觉得有点儿害臊,却也觉得这样不错。自己睡的话,可能就被鬼抓走了,这样当然更好。

但是奶奶在身边,我感到莫名的安心,不知不觉沉沉睡去。幸运的是,鬼没来抓我。

新型可再生能源

现在我们使用的大部分能源都是化石燃料,然而化石燃料不可再生,蕴藏量有限,还会对环境造成污染。所以为了应对化石燃料枯竭,获取无污染且可持续使用的能源,人类正在进行研究。

可以代替化石燃料的新能源或可再生能源被称为"新型可再生能源",新型可再生能源是存在于自然界的能源,干净且无穷无尽。那么,新型可再生能源都有哪些呢?

太阳能

太阳是能发出光和热的物体,是一个主要由氢组成的恒星,表面温度大约有 6000 摄氏度,中心部分的温度达到 1500 万摄氏度,太阳里的氢发生核聚变,转换成氦,这个过程中产生强烈的光和热。

太阳拥有十分丰富的能源,地球与太阳相距 1.5 亿千米,

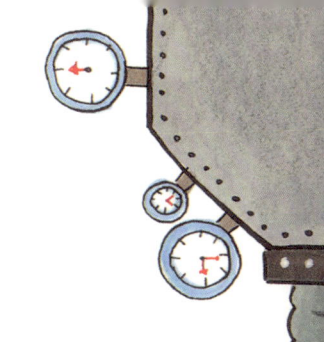

但地球每 1 平方米的面积,每秒可以获得太阳供应的 1.4 千焦能量。

太阳能在穿过大气层到达地面的过程中,会被臭氧和水蒸气吸收掉 30% 左右的能量,但即使按每平方米每秒能获得 1 千焦太阳能的标准来算,1 秒所获得的能量也可以支持 100 瓦的灯泡连续亮 10 个小时。

太阳能的使用方法分两种,一种是利用它的光,一种是利用它的热。利用太阳的热量,就是通过在屋顶上安装集热板收集太阳的热量,主要用于取暖。太阳光通过太阳能电池直接转换成电能,阳光接触到电池,会产生带电的粒子,也就是电子,这些电子收集起来以后就变成了电。太阳能没有污染,可以产生当地所需的电量,设备便于维护。但是太阳能也有亟待解决的问题,如太阳能发电量会随阳光照射量的变化而变化,可安装的场地有限,初始费用较高。

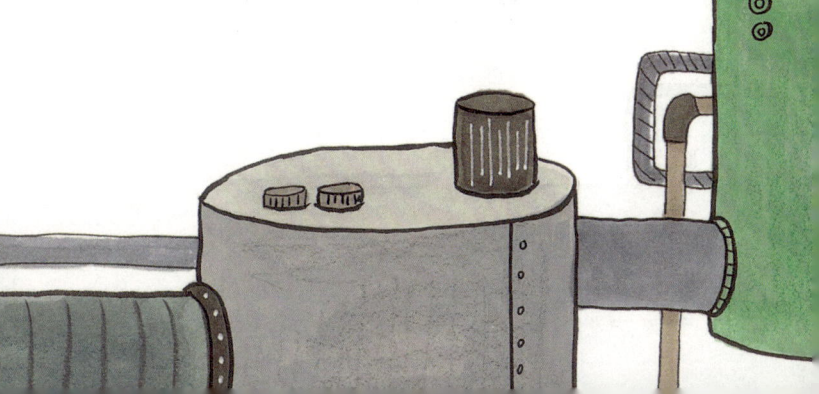

风能

风力可以发电。利用风力发电机——把风能转换成电能的装置,把转动风力发电机叶片的力转换成电。虽然只能在多风的地方才能安装,但这是一种不会污染环境的清洁能源。

地热能

地热是来自地球内部的热量。利用这种能源,意味着利用地下几千米到几万米深度的能量,能量来自那里的热流体和岩石等。地热能是地球自身的能量,随着深度加深,含量不断增加,拥有无限潜能。现在主要被用于温泉旅游业开发,或者暖气的热源,有人也正在研究把地热能转换成电能的方法。

潮汐能

潮汐能来自地球自转和月球引力产生的涨潮和退潮现象。涨潮的时候有海水往岸上涨的力,而退潮的时候有海水往海里

退的力，这些力可以用来驱动涡轮机发电。1967 年，世界上第一座具有商业实用价值的潮汐电站——法国郎斯电站，在法国建成。这个发电站使得该地区的电力供应量提升了 40% 以上。韩国的始华湖潮汐电站是世界上最大的潮汐电站。中国的温岭江厦潮汐试验电站是世界第四大潮汐电站。

生物质能

生物质能是直接燃烧或发酵生物体得来燃料的能源，生物质能的种类非常丰富。以生产燃料能源为主的甘蔗和棕榈这些作物，油菜、玉米、大豆等植物，农林产物的废弃物，动物的排泄物，都能产生生物质能。

占生物质能最大比重的就是植物资源。化石燃料用一次就没了，但植物可以再种出来，还能在自然界轻易地获取。并且，最重要的是燃烧的时候几乎不会像化石燃料一样产生污染物。生物体在生长过程中会吸收二氧化碳，燃烧枯萎的树木或树叶等所产生的二氧化碳和它们腐烂产生的二氧化碳

别无二致，不会增加二氧化碳的排放。

因此，为了获取植物资源中的生物质能，人们正在不断推进相关研究。

获取生物质能最简单的方法就是直接燃烧，从而获得热量，但是如果对生物体进行加工，制成生物燃料，可以有更为广泛的用途。尤其是利用微生物，或者与化学技术相结合，可以制造出甲醇、乙醇、生物柴油等液体燃料，以及氢气、甲烷等气体燃料。

生物乙醇是由玉米、甘蔗植物中的糖分发酵而来的，可以代替汽油，而由大豆油、棕榈油制成的生物柴油可以代替柴油。

废弃物也可以被转换成生物质能，农林畜牧废弃物、工业废弃物、城市垃圾等都可以制作成能源。

生物质能的优点是蕴藏量丰富、可再生和污染小，而且

只要水分和温度等条件得当，在任何地方都可以获取，也可以低成本开发，能够转换成化学燃料，但这些资源比较分散，种类繁多，开发生物质能利用技术的难度大。

牛便小学

第4章

可疑的废弃学校

奇怪的是,第二天,我总是担心汉娜。

"伤怎么样了……"

要不要打个电话询问一下,但想到昨天的遭遇,我放弃了这个念头。

"是的,绝对不能跟姜汉娜扯上关系。"

然而内心又烦恼起另一件事情。

"要跟奶奶说鬼的事吗?要去报警吗?"

我犹豫了好一阵子,最终有了决定。

"这个问题不应该由我一个人纠结。"

没错，汉娜肯定也在苦恼，见了面商量商量再说。

等奶奶一出门，我就跑到了汉娜家，但是我没有勇气按响门铃。正当我在她家门前踌躇的时候，听到有人出来了。我飞也似的跑回原路，假装碰巧从门前经过。

从屋里出来的是汉娜姥姥。"奶奶好！"我跟她打招呼。

她高兴地回应："啊！时敏来了呀！"

我打算假装继续往前走自己的路，汉娜姥姥却大声嚷道："汉娜，时敏来了！"

她怎么知道我是来找汉娜的？难道变成老太太以后就会懂得洞穿人心的读心术吗？

汉娜像在那儿等待了许久一样，打开玄关门走了出来："大清早的什么事啊？"

即使我伪装得天衣无缝，还是被一眼看穿是来找汉娜的。

我支支吾吾道："没、没什么。就是有些事情想问一下。"

这是事实，汉娜姥姥离开了以后，我瞟了一眼汉娜的膝盖，汉娜看出了我的意思，说："我的膝盖没事。"

汉娜绝对也会读心术，然后她叹了一口气，说道："哎哟，没别的，就是昨晚睡不着。"

"因为害怕吗？"

听到我这样问，汉娜答道："不是害怕，是好奇，好奇究竟是不是鬼。"

不是害怕，而是好奇得睡不着觉！果然是奇怪的人。

汉娜接着说："昨天看到的鬼长什么样呢？真的像电视和电影上的那样吗？身着白衣，披头散发，口吐鲜血吗？"

"倒是没看得这么仔细，只是看到跑出来一个白色的东西。"

听到这儿，汉娜再次投来怀疑的目光。

"那不就有可能只是窗帘或者其他什么东西吗？难道不是被风吹动的白色窗帘吗？"

我再次提高嗓门说："不是，明显是像人一样的东西。"

汉娜执着地追问："像人一样的东西，那有可能是人啊。"

"那个时间那里怎么会有人？不是说是废弃学校吗？"

接着，汉娜摆出一副思考的神态，过了一会儿，好像下了巨大的决心一样，说："不行，得再去一趟。"

"再去一趟？去那个地方？"我扯着嗓子问道。

而汉娜点点头，说："对，再去一趟，看清楚究竟是什么东西。"

"你见过白天闹鬼的吗？晚上才能知道是不是鬼啊。"我原封不动地把汉娜昨天跟我说过的话搬出来。

汉娜说："话虽如此，还是得去一趟，也有可能是人嘛，那就有可能白天也在啊。"

我又陷入了纠结。

"要不要跟着去呢?"

汉娜总是给我出难题,但其实我也很好奇那里的究竟是人是鬼。如果是白天,鬼应该不会出来,那去的话也没事儿。我终究还是跟着汉娜去了。

到了学校大门口仔细一看,白天果然没有晚上恐怖。但空荡荡的操场上孤零零地立着一栋单层建筑物,还是阴森得可怕。我们藏在正门的柱子后往里看,连一只蚂蚁都没见着,想看看玄关门里头有什么,但是太远了。

汉娜说:"进去看看。"

"又进去?"

"对啊,在这里什么也看不见,你不是说昨天在玄关那里见鬼了吗?那就去玄关那里看看。"

汉娜首先迈出了步子,我也只好跟上,虽然是白天,周围安静得让人更紧张了。

"如果是超级无敌功力深厚的厉鬼,那是不是在大白天也能出来?"

我心事重重地往前走,汉娜却毫无畏惧大步流星地走,她这会儿已经走到玄关那里了。大概是看不清楚,她把脸紧紧贴在玻璃门上往里看。

"什么也没有啊。"

我也把脸紧紧贴在玻璃门上,往里仔细地看。就在此时,走廊的尽头咻地过去了一个白色的东西,好像是昨天看到的"鬼"。我立马抓住汉娜的手,把她拉到柱子后面。

"出来了。看到了吧?刚才看到那个鬼了吧?"

汉娜说:"嗯,看到了,但不像是鬼,看起来像人。"

"是吗?"

我们再次透过玄关门朝里看去,看到了一个穿着一身白的人从走廊尽头往玄关走来,真的不是鬼,而是人,我们被发现就完了。

我用最快的速度，拉着汉娜往玄关的柱子后面躲。藏在废弃学校里鬼鬼祟祟的人肯定不是什么好人，电影里这样的人一般都是犯罪集团的，如果被他们发现抓走了，说不定会被严刑拷打。

玄关门打开了，走出来一个男人，穿着一身像航天服一样的白色衣服。电影里那些在实验室工作的人就是穿着这样的衣服，我和汉娜为了不被他发现，用手紧紧地捂住嘴巴，连呼吸都停止了。所幸那个男人没有发现躲在柱子后面的我们。

但是里面传来了另一个男人的声音。

"怎么了？有事吗？"

这边的男人回头答道："没事，可能是猫。"

然后就关上门进去了。

"没事了！"

没有被逮到真是太幸运了，我们憋住的那口气呼了出来。

"呼！"

汉娜说："没错，是人。"

想到自己说是见鬼了，搞出这么一出，觉得有些

丢人。

汉娜又提出了一个疑问:"这些人都是干什么的啊?在破旧不堪的废弃学校穿着实验服,一直工作到深夜,不是很可疑吗?"

"一定是犯罪集团。"

话刚落音,汉娜扑哧一笑。

"犯罪集团?哈哈哈,你以为拍电影吗?那我们就是打败犯罪集团的正义使者?"

我想说的是,我们也不是什么正义使者,为什么非要

在这里受这种罪呢?

这时,听见有车开进学校大门来,我和汉娜再次躲到了柱子后面,只探出一点儿脑袋往外看。只见一辆巨大的槽罐车驶了进来,汉娜小声儿说:"车上装的是什么?"

槽罐车穿过操场,径直开到了教学楼后面。一瞬间,我想起两天前跟爸爸一起看的那条关于石油价格暴涨的新闻,又想起当时新闻上槽罐车载着石油的画面。那样的话……

"这些人,难道是偷石油的?"

汉娜惊讶地问:"偷石油的?"

"对,听说最近石油很贵,所以这些会不会是从加油站偷来的石油?"

汉娜追问:"为什么要偷石油呢?"

我不耐烦地说:"哎呀!偷了可以用,也可以高价卖啊。"

我为自己像模像样的推理扬扬得意,而汉娜却又发问了:"也有可能不是偷的,是买的啊。"

我反驳道:"如果是买的,为什么要运到这个摇摇欲坠的学校?还不是因为废弃学校不引人注目,不怕被发现吗?总而言之,他们就是贼。"

讲到这儿,汉娜也点头认同了。

我自信地站起来,说:"走吧!"

汉娜吃惊地问:"去哪儿?"

"警察局,他们是贼啊,就得报警。本来进口石油就很贵了,石油价格还暴涨了,现在还有人偷石油,那石油价格不得上天了。"

我还想说,这样的人多了,受苦的是爸爸,所以小偷必须被抓住。但考虑到没必要把我的家事一一告诉汉娜,就把话吞了下去,却引起了汉娜的疑问。

"等一下!但万一里面装的不是石油呢?"

"你说不是石油?"

"对啊,也有可能是水。停水的时候,区政府就是用这种车把水运过来的。"

我倒也见过槽罐车运水，但还是强调道："那就更奇怪了，也没停水，为什么要把水运到这里来？这里以前不是学校吗？应该有自来水管道才对啊。对了！还会有厕所。"

汉娜说："所以我们得先找到确切的证据，证明它就是石油。"

真是不可思议，我问她："证据要怎么找？"

汉娜答道："跟我来。"

说完，汉娜无所畏惧地走向教学楼后面，刚才车开进去的地方，我连忙跟上。我们走到教学楼后面，就看到了停在那里的槽罐车，墙上有一个长长的大罐子。一个大叔正在把槽罐车上的管子插到大罐子的孔里，接着他拧紧了手柄，把管子紧紧固定在上面，检查过已经接得严丝合缝以后，从教学楼后门进去了。

"去看看，你不是说他们是偷石油的贼，偷了石油现在往这里运嘛。"汉娜边说边往前走。

我马上扯住汉娜的衣服。

"你还要确认什么？"

"看看究竟是不是石油啊。"

汉娜的好奇心真是连牛都拉不住，她努力把身子压到最低,用最快的速度冲向槽罐车,然后招手让我过去。

来都来了,不能就这样回去啊,那就彻底确认一下。如果真是偷石油的贼,理应交给法律制裁。

我也学着汉娜的样子把身子弯下去,用最快的速度冲向槽罐车。

汉娜朝教学楼里看了一眼,小声说道:"我先去拧开手柄,然后你拔掉管子。"

"好的,但是石油可能会溅出来,记得往旁边躲一躲。"

如果石油正在经过管子流向容器,而我突然把管子拔掉,石油就会因为压力变化溅得到处都是,所以必须小心。

汉娜看着我点点头,整个人紧紧贴在槽罐车的边上,伸出手来缓缓扭动手柄。然后汉娜朝我点点头,示意我好了,现在轮到我了。我也把身子贴在槽罐车的边上,伸长手臂,一点点拔掉管子。插得紧紧的管子一点一点脱离容器,只要再往外拔一丁点儿就可以了。

行了!

可就在那一瞬间,管子因为被突然拔掉,黑色液体噗地喷了出来,哗啦啦流向四面八方。

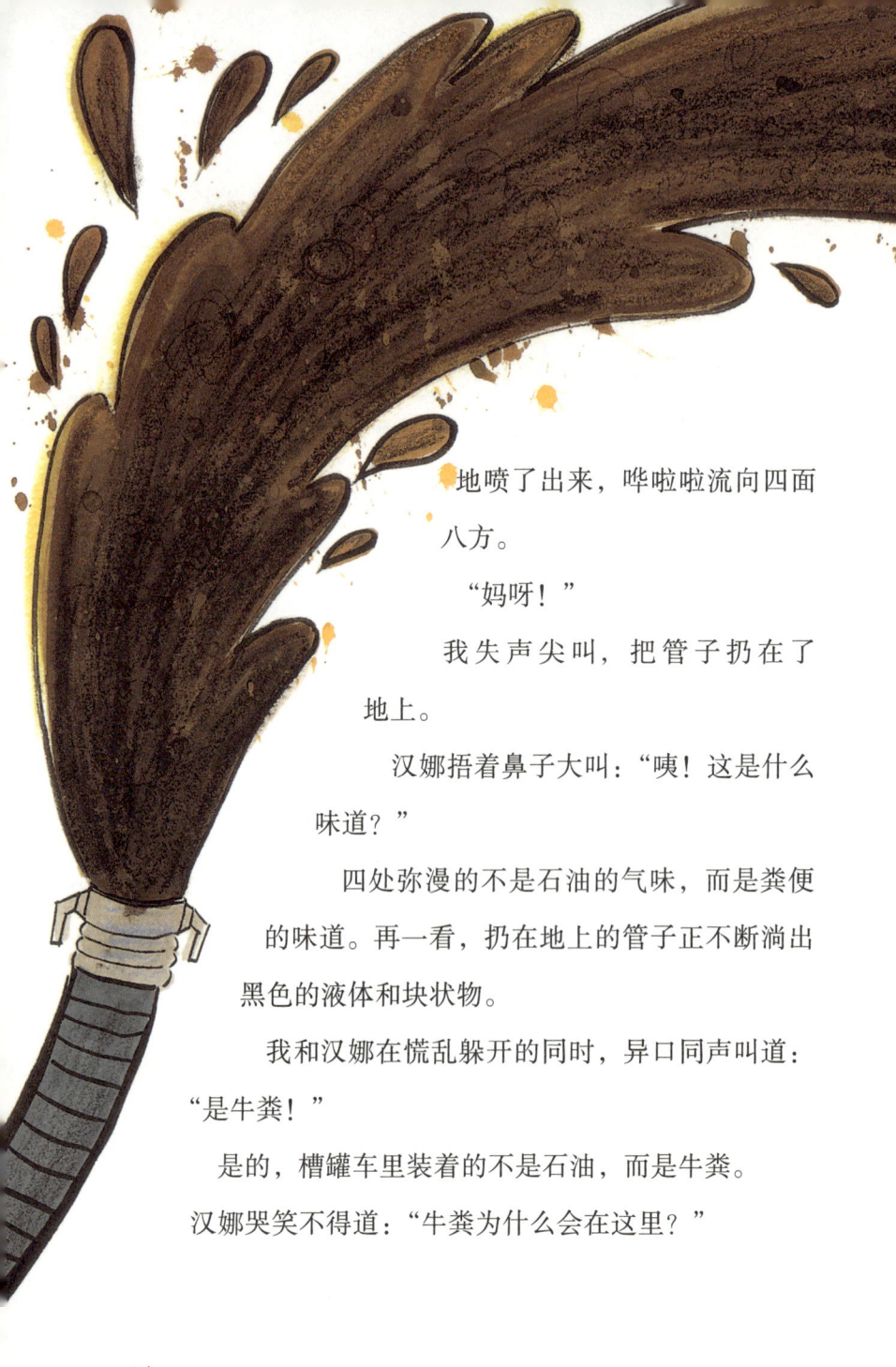

"妈呀!"

我失声尖叫,把管子扔在了地上。

汉娜捂着鼻子大叫:"咦!这是什么味道?"

四处弥漫的不是石油的气味,而是粪便的味道。再一看,扔在地上的管子正不断淌出黑色的液体和块状物。

我和汉娜在慌乱躲开的同时,异口同声叫道:"是牛粪!"

是的,槽罐车里装着的不是石油,而是牛粪。

汉娜哭笑不得道:"牛粪为什么会在这里?"

我也是一脸不可思议:"我怎么知道?"

这时,教学楼里的人跑了出来,边跑边喊:"喂!你们这俩熊孩子!"

"噢!"被逮个正着。

现在不是争辩的时候,当务之急是赶紧逃跑。我立马拉住汉娜的手,跑了起来。

一个男人嚷嚷着:"赶紧把管子插上啊。"

另一个男人叫道:"抓住那俩孩子。"

然后,一个男人开始追我们,我们拼尽全力,不管不顾地往前跑,比昨晚以为见鬼的时候跑得还要拼命,越想越怕。

"我们究竟干了什么?为什么里面不是石油而是牛粪?"

也不是被鬼迷了心窍,这都什么事啊?正当我想到这儿,汉娜就在操场中间被抓住了。

那个男人怒气冲冲地质问道:"你是谁?来这里干什么?"

汉娜哆哆嗦嗦地回答:"对不起,不知道里面是牛粪⋯⋯"

霎时间,我陷入了两难抉择。

"继续逃,还是停下?"

我不能这样一个人跑掉,我不是这么没义气的人,于是停了下来。

汉娜却扬着手,对我大喊道:"快跑啊!"

但我反而一步一步朝汉娜走去,对抓着汉娜的男人鞠了一躬,说:"对不起,我们以为你们是偷石油的贼。"

听罢,那个男人哭笑不得地说:"什么?偷石油的?"

然后揪住我的领子说:"你们都跟我来。"

我们被这个穿着实验服的人拉入了那个阴森可怖的废弃学校教学楼里。从汉娜说要去看鬼开始,我的心就一直悬着,不,从踩了牛粪开始,我就总疑心着要发生些什么。不,更准确地说,从认识汉娜开始我就有种不祥的预感。不对不对,一开始来这里就是一个错误。

接下来有怎样的命运等着我们呢?我们能安然无恙地回去吗?

这些奇怪的男人究竟用牛粪在密谋着什么?

努力实现能源独立

畜粪生物能源

目前有许多人在研究如何把废弃物转换成生物质能,废弃物中包括畜粪,如牛粪、猪粪等家畜排泄物。

处理家畜排泄物的成本不小,然而如果排泄物大量堆积,就会造成水污染、土壤污染。因此,如果能充分利用畜粪,既能防止污染,又能把剩下的残渣用作肥料,可谓一举两得。

把畜粪转换成生物质能的办法有两种:一种是发酵畜粪,利用生成的甲烷气体,也就是沼气。沼气可以充当暖气燃料,也可以用来驱动发电机发电。另一种是把畜粪制成固态燃料,用作火力发电站的燃料,用来生产电力,这样的发电站被称为"沼气电站"。

环保绿色村庄

环保绿色村庄是指充分利用多种设施生产出太阳能、沼气等可再生能源,造福于周边居民的村庄。不仅可以实现当地能

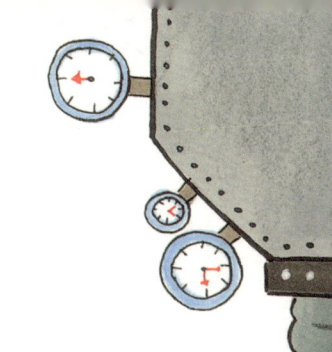

源独立，减少温室气体排放，还能增加居民收入，一举三得。

2015年12月，韩国在江原道建成了韩国首个环保绿色村庄。从前，污水处理厂和动物粪便处理厂散发出的恶臭，令不少居民选择搬离。而且那里还是一个能源孤岛，没有连通城市燃气，也没有自来水管道和下水道，生活极度不便。

后来这个村庄引进了用食物垃圾和动物粪便生产燃气的设施，进而把当地生产的燃气输送到各家各户，节省了暖气费。另外，在处理过程中会产生堆肥和水肥等副产品，从而获得额外收入。村庄还在污水处理厂增设太阳能发电设施，同时充分利用处理厂的水流，进行水力发电。环保能源塔与周围的观光资源联动后，越来越多的游客慕名而来，村庄获得了附加效益。

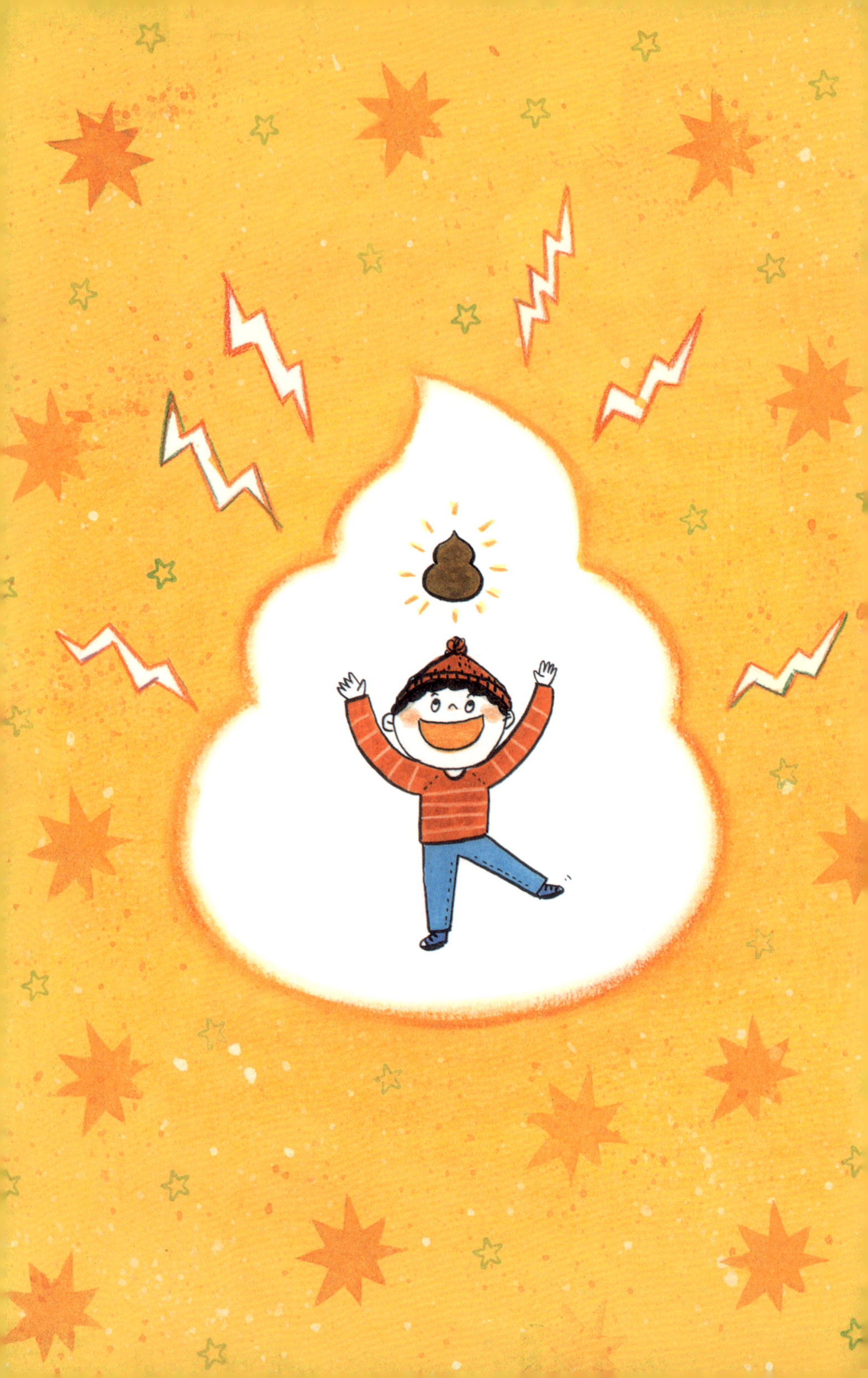

第 5 章

牛粪能源研究所

我们走进教学楼里,看到了5个穿着白衣服的男人。这些奇怪的人,究竟要拿那又脏又臭的牛粪干什么?在里面转了一圈,更觉得他们可疑了,里面有一个巨大的罐子,还有一些实验工具,按照电影桥段,轻易就能推测出这里在弄些什么。

"炸弹?那一定是牛粪炸弹!啊,真是荒谬!"

我这样想着,那个看起来像是头儿的男人询问道:"来这里干什么?"

我前言不搭后语地乱答一通:"明明是废弃学校,却亮灯……昨天来过，穿白衣服的鬼……"

汉娜听不下去了，抢着说："废弃学校里竟然开着灯，这太奇怪了，所以我们就来这里看了看，然后他说看到了鬼……"

汉娜说完这段话，这几个男人哄堂大笑。

把我们抓来的男人也是哭笑不得，反问道："鬼？你说我们？"

汉娜回答："是的。于是我们又来确认，却看到了可疑车辆，又以为你们是偷石油的贼……"

"什么？贼？哈哈哈。"

也是，把偷牛粪的贼当成是偷石油的，确实好笑。

那个头儿又问道："为什么认为我们是偷石油的呢？"

"最近石油不是非常贵吗？所以看到平时用来运石油的槽罐车开进来，就以为你们是偷石油的。"

这次我条理清晰地回答了他的问题，那个头儿也听得津津有味，接过话说："却没想到是牛粪……怎样？我们真的像小偷？"

汉娜答道："现在我们还不能确认，但你们确实可疑，究竟拿这么脏的牛粪来干什么？"

"哈哈哈。"那个头儿大笑着回答,"确实,我们确实看起来挺可疑的,那你们跟我来看看。"

我突然就害怕了,究竟要拿我们怎么样?汉娜好像也害怕了,我小声安慰汉娜:"别担心,有我呢。"

我究竟在说什么胡话,这种情况可以说是泥菩萨过江——自身难保,而且我什么时候开始懂得担心别人了?什么时候这么勇敢了?我都不像我了,总是在汉娜面前逞强。

我们跟着这几个男人,走进了隔壁房间,这个房间非常大,应该是打通了好几个教室建成的。从外面看只是一座废弃学校,但里面已经改造过了。而且还有好几个比刚才那个罐子还大的容器,旁边还有盖着盖子的巨大的水槽。

头儿说:"我们就是拿牛粪干这种事,会给你们解释清楚的,好好听着。金博士!"

"好的,所长!"刚才抓住我们的男人答道。

"金博士?所长?"

还是博士和所长?我们诧异地看着他们,那个叫金博士的就开始讲解了。

"刚才你们看到的牛粪首先会进到这个罐子里，然后我们在那个盖着盖子的水槽里放入微生物，让牛粪发酵，这都是正在发酵的牛粪。经过了这个步骤，就会产生甲烷气体，甲烷一般被叫作沼气。"

"气体？难道是有毒气体？"

果然是坏人，肯定是用牛粪生产毁灭人类的有毒气体。

"无论如何都要逃走，然后报警，该怎么办呢？"

我打量着这个房间,心里盘算着该怎么逃跑,但是汉娜问道:"沼气?沼气是什么?"

所长解释道:"是植物或微生物发酵后得到的气体。"

"要用在哪里呢?"我一脸狐疑地问。

金博士答道:"沼气按照城

市燃气的质量标准进行提纯，就可以用在燃气炉和暖气上，而且还可以驱动发电机，产生电力。剩下的固体和液体，经过过滤以后还可以用作肥料。"

然后他们给我们展示了最后的两个大罐子，里面真的有许多液体和一块一块的固体。

我又问道："所以说你们偷牛粪是为了生产暖气用的燃气和发电？"

所长笑着说："哈哈哈，不是偷来的，是从农场回收的，而且这里是牛粪能源研究所，我们不是鬼，也不是小偷，是能源工程师。"

汉娜震惊地问道："能源工程师？各位是研究能源的人？"

金博士给我们介绍了那位所长，说："对，这位就是大名鼎鼎的能源工程师申资源博士，是我们研究所的所长。"

申所长害羞地笑着说："什么大名鼎鼎，呵呵呵。现在我们使用的能源，也就是石油、煤炭等化石燃料的蕴藏量是有限的，还会对大自然产生不好的影响，所以能源工程师们在寻找可以代替化石燃料的新型可再生能源，也就是说，我们正在研究新型能源和可再生能源。"

汉娜一副听懂了的样子："就像太阳能一样？"

申所长点点头，说："是的。太阳的光和热，是存在于自然界中的资源，取之不尽用之不竭，也不会污染环境，这种能源就是新型可再生能源。"

金博士接着说："我们研究的是新型可再生能源中的生物质能，生物质能是生物体直接燃烧或发酵而来的，这些生物体包括甘蔗、玉米、油菜等植物，也包括农林业废弃物，甚至包括了动物的排泄物，种类非常丰富。"

申所长滔滔不绝地往下讲："一句话概括，我们正在研究怎样把牛粪转换成生物质能，最终生产出能源。"

汉娜恍然大悟道："哦！所以研究所才叫作牛粪能源研究所！"

申所长和金博士同时点头答道："就是这样。"

但我还是无法消除心中的疑虑，究竟怎么用牛粪生产能源呢？莫不是他们在骗我们？实际上在生产杀人的毒气。

"那你们的研究成功了吗？"我怀疑地问。

申所长回答道："已经到收尾阶段了。"

金博士自豪地说:"我们将会把牛便里打造成使用牛粪能源的环保能源村。"

汉娜惊讶地问:"环保能源村?"

"是呀,就是使用新型可再生能源等环保能源的村庄,我们生产的牛粪生物质能将会免费供应给村里人。"

"免费"两个字吸引了我的注意力,因为我想起奶奶为了节省暖气费,睡在冰冷的房间里,连洗碗都是用冷水,还为了省电费尽心思。

"免费吗?那暖气也免费,热水也免费,电也免费吗?"

金博士说:"是的。"

汉娜歪着头问道:"但是为什么选我们村呢?还要在废弃学校里建研究所。"

金博士说:"这个村子不是叫牛便里嘛,顾名思义,牛粪很多的村庄,做研究需要很多牛粪,当然要选在牛粪多的地方。刚好还有一间荒废的学校,稍微改一改就能当研究所,不是挺好的吗?"

这才把我心里所有的疑问解开了,我羞愧得抬不起头来,连这都不知道,就说人家是鬼啊,贼啊,犯罪集团

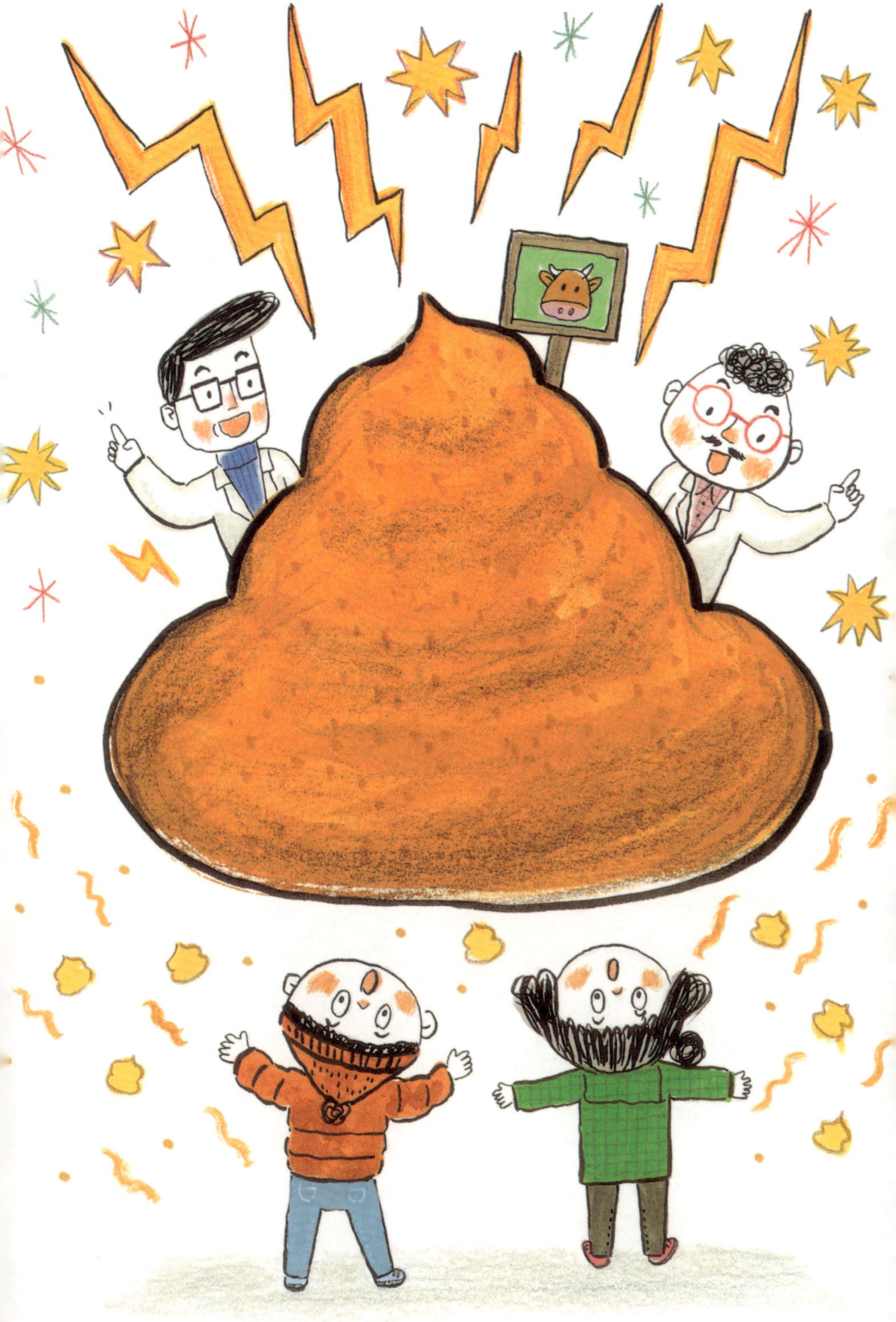

啊，贴的全是坏标签。还说要报警，搞出了这么一桩牛粪大风波，这该如何收场？

当然我们这样做也情有可原，谁能想到在这农村的废弃学校里会有人？又有谁能想到用牛粪生产能源？

这时，申所长意味深长地笑着说："不管你们出自什么原因，既然犯了错，就要接受惩罚。"

听到惩罚，恐惧瞬间涌上了心头。我们闯进了研究所，还搞出了这样的牛粪闹剧，罪名不轻啊。

"不会被送到警察局吧？"

说要捉贼，结果反而被带到警察局，这都什么事啊？

汉娜小心翼翼地问道："什么惩罚？"

申所长给金博士使了个眼色。

"跟我来。"

我们紧张地跟在金博士身后，金博士把我们带到了黑暗的仓库，我惊恐地对汉娜说："不会是要把我们关在这里吧？"

"不会吧？能源工程师、博士，不会干这种事吧？"

金博士打开仓库门，说："得把你们弄出来的牛粪先清理干净吧。"

是的,我们闯的祸,我们有责任收拾。最终,我们穿上长靴,戴上手套和口罩,开始清理牛粪。光是拿着扫把扫牛粪就足足花了两个小时才扫干净。

但这还没完,打扫完以后,金博士说:"这一个月,你们每天都得来打扫,不能不来。"

要打扫一个月?这完完全全是奴隶契约,但转念一想,总比被带到警察局要好,而且我也开始好奇牛粪研究所干的是什么活儿。究竟是不是真的如申所长和金博士所说,用牛粪可以生产出能源,用这些能源又真的能让房间变得暖和,真的能点亮电灯。我要亲眼确认一下。

从那天开始的一个月里,我和汉娜每天都像上班一样去研究所,打扫完以后,我们就一个一个房间地溜达,看他们做研究。确认了真的能通过发酵牛粪得到甲烷气体,又能把甲烷制成暖气用的燃气和电力。牛粪真的能被转换成能源。

这样一来,我又多了很多好奇的问题。

"怎么想到用牛粪生产能源的呢?"

"开一小时的电灯需要多少牛粪?"

"除了牛粪,其他的粪便也行吗?"

我和汉娜提出无穷无尽的问题,而申所长、金博士,还有其他研究员会深入浅出地给我们解答。就这样,不知不觉一个月过去了。我和汉娜也变得熟悉了起来,每天都待在一起自然是会变熟的,而且相处下来,好奇心旺盛、胆子大、做什么都很认真的汉娜影响了我。我懒惰、麻木的性格改变了一点点,也隐约感受到汉娜的可爱之处。

其间,我和奶奶也亲近了不少,起初因为怕鬼开始跟奶奶睡,现在尴尬的感觉消失了,说的话也多了,开始不觉得奶奶说的话是唠叨了。虽然奶奶没说什么,但她好像也挺喜欢跟我待在一起的。

在研究所的最后一天，申所长对我们说："一年之内，村里各家各户都会用沼气取暖，牛便里将会成为环保能源村。你们下个寒假一定要来，来看看我们研究的牛粪生物质能是怎么改变村子的。"

金博士说："到时候不会叫你们打扫卫生的，别担心。"

"好的，一定来。"我们异口同声地回答。

一个月以来和大家产生了感情，我们非常不舍得跟研究所的各位分开。

同时，我也该跟汉娜告别了。在从研究所回来的路上，我们站在分岔路口，汉娜伸出手要和我握手，说：

"牛时敏，谢谢你！下个寒假一定要见面。"

我想起了第一次见到汉娜的时候，往后退着踩上了牛粪的情景。后来跑到废弃学校，我嚷嚷着见鬼了，背着汉娜狂奔，搞出一番闹剧，第二天还上演了一出牛粪大风波。跟汉娜一起经历的事，成了我永生难忘的快乐回忆。

我握住了汉娜的手，说："也谢谢你！下个寒假一定要来！"

就这样，我们告别了彼此，爸爸已经在家里等着接我了。

奶奶说："有时敏在，我一点儿都不无聊，真舍不得啊。"

"我也舍不得您,您一定要来首尔玩啊!会来吧。"

"会的,既然时敏想我,那我得去啊。"

爸爸也附和道:"一定要来啊,我会来接您的。"

"花这汽油钱干什么,我坐大巴去就好了。"

奶奶果然是节能之王。我人生中最大的危机,也是我始料未及的记忆,就这样落下了帷幕。

一年后,终于又迎来了我期盼已久的寒假,还收到了牛粪能源研究所的申所长寄来的邀请函。

> 诚邀阁下莅临参加牛便里
> 环保能源村竣工仪式。

这段时间里,牛粪能源研究所所在的废弃学校操场上,建起了畜粪沼气电站,从一个月前开始,那里生产的沼气通到了村里的家家户户。

今天是结束一个月试运营的日子,也意味着牛便里成功变身为环保能源村,因此在这一天举行竣工仪式。我一大早就把爸爸叫起来,让他带我去牛便里。

"爸爸,要迟到了,快点儿,快点儿。"

邀请函

诚邀阁下莅临参加牛便里环保能源村竣工仪式。

妈妈打趣道:"怎么?想快点儿见到汉娜?"

"不是,竣工仪式不能迟到嘛。"我连连摆手否认,但妈妈说的也是事实。虽然跟汉娜通过几次电话,但已经整整一年没有见面了,我怀着既激动又期待的心情出发前往牛便里。

一到牛便里,我就感受到了节日的氛围,村里到处都是竣工仪式的庆祝标语,还有来参加竣工仪式的本村人、外地人,曾经冷清的村庄现在人潮涌动。

但是更令人惊讶的事情发生在到达奶奶家以后。我高高兴兴地和奶奶打过招呼走进屋里,发现浑身被温暖的气息包围着,去年冬天屋里可比屋外还冷。

爸爸诧异地问:"屋里怎么这么暖和?"

"暖气免费嘛,当然也得省着用,今天时敏要来就调高了一点儿。"

奶奶兴奋地打开厨房洗碗槽的水龙头,给我们展示哗哗流出来的热水。

"看,连热水也哗哗地流呢,实在是太好了。"

"奶奶,电呢?"

我一问,奶奶就眉飞色舞地说:"电也是免费的。这些都是用村子里收集的牛粪生产的，活到这个岁数，第一次遇见这么神奇的事情。"

爸爸也露出了诧异的神色，说："那真的变成环保能源村庄了呢！"

我扬扬得意地说："看吧，我就说会变成这样。"

自从上一个寒假以后，我一见到奶奶，就会询问牛便里的变化，虽然我说过会变成现在这样，但奶奶不相信。

"是的，跟我们时敏说得一模一样。哈哈哈。"

看着喜笑颜开的奶奶，我的心情无比欢快，就像是我亲身参与研究得出来的成果。

爸爸回首尔去了，我和奶奶一起去废弃学校，不，现在是畜粪沼气电站，参加竣工仪式。还跟申所长、金博士和其他研究员打了招呼。

申所长热情地欢迎我："哦，牛时敏！快来，见到你真高兴。"

"怎么样？发电站很酷吧。"金博士一脸骄傲地问我。

我马上答道："对，非常酷，我奶奶也非常高兴，她说房间很暖和，有热水供应，暖气和电都免费。"

能源工程师们能把这些看起来虚无缥缈的梦想变成现

实，非常了不起。

就在这时，有人喊："牛时敏！"

是姜汉娜，我怀着激动的心情回过头去，汉娜做着顽皮的鬼脸朝我走来。我心里想要飞奔过去，拉住她的手，但是旁边有太多人看着，我只好忍着，假装平静。

"来了？"

"嗯。"汉娜粲然一笑。

竣工仪式终于开始了，我和汉娜并肩坐着观看仪式，但汉娜突然凑到我的耳边问道："牛时敏，你长大以后想要做什么？"

"我呀？"

正当我胸有成竹想要回答，汉娜先开口了："我要做一名能源工程师，研究怎么把太阳能转换成汽车燃料。"

竟然跟我想的一样？我惊愕不已。

"真的吗？我也要做一名能源工程师，建造利用地热能的房子。"

这是我最近想到的，所有的房子都建在地面，如果能利用地下的地热，为家家户户提供所需的能源，该多好啊？

汉娜也睁大了双眼,问:"真的?那我们不就可以一起了吗?一起学习,一起研究。"

"一起努力吧。"

我要把这句话深深刻在心里,好像只要和汉娜一起,

无论做什么都会成功。

　　此时，申所长站出来打了一个招呼，换来了雷鸣般的掌声。我和汉娜也在卖力鼓掌，一边鼓掌一边想象着，20年后自己也能成为和申所长一样帅气的能源工程师。

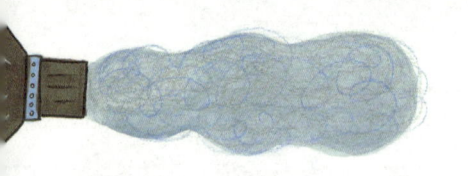

如果你想要成为能源工程师

能源工程师的工作

能源工程师的工作包括勘探、生产、运输和转换能源,以及研究循环利用所需的一切内容,并建立循环利用所需的体系。

我们在生活中使用得最多的是化石能源,如石油和天然气。为此,我们寻找油田,研究开采方法,开发能够应用于实际生活的生产、运输方式。

另外,为了开发出新型可再生能源取代化石能源,工程师们探索新的能源,研究相应的应用方法,敦促政府制定与能源有关的政策,探索能源开发会给地球环境带来的变化,提出未来能源产业的发展方向。

化石燃料的蕴藏量日益减少,化石燃料导致的环境污染日益严重,世界各国都在努力开发新能源。因此,要想建设一个更安全、更便利的能源环境,能源工程师将会是不可或缺的人才。

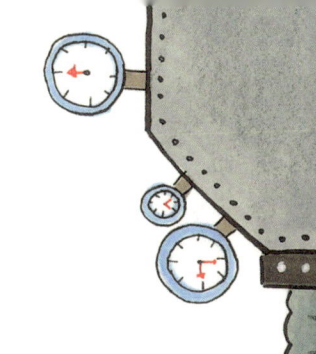

成为能源工程师的途径

要想成为能源工程师,首先要关注我们身边的能源。如果了解哪种能源被如何使用,它的优点是什么、缺点是什么,以及能源会让世界产生何种变化,就可以更有趣地学习能源工程学。

如果你想要成为能源工程师,去开发新能源,就多想象一些天马行空的东西。不妨想象一下,用水驱动的汽车、海水发电、地热能源住宅、太阳能飞机等。我们现在所使用的无数发明曾经都只是荒诞的想象,然而最终却成为现实。可见,想象是诞生新发明的方式。

大家也可以多去科学馆、科学主题公园参观,多看看与能源相关的展览品,亲身体验也是不错的选择。通过这种体验,可以知道能源是怎样来的,是怎样被使用的,对人类发展有什么影响,也能了解有哪些新型可再生能源,这种能源又会为我们的未来带来何种翻天覆地的变化。

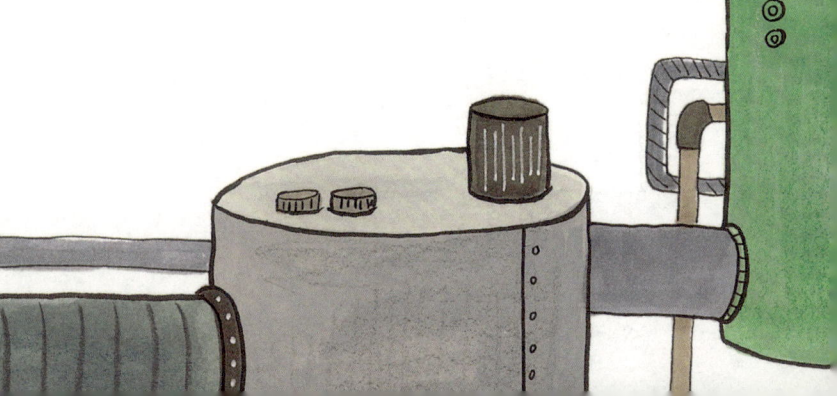

要想分析并开发能源，还需要逻辑思维和分析能力。在开发工程的过程中，需要不断地研究和实验，所以毅力和恒心也很重要。同时，还要认真学习科学，尤其是能源的基础知识。再出色的想象都需要在正确的科学原理基础上，通过设计才能变成现实。所以，要学习物理、化学、机械、化工领域的基础知识，努力把它们应用到各种能源的应用上。如果要研究将生物体转换成能源的生物能工程学，还要学习生物学。

　　要想成为能源工程师，需要攻读物理、化学、化工、机械工程、材料工程、电器工程专业，学习基本的科学知识，接着可以在能源领域继续深造，攻读针对能源科学的专业。毕业后可以在能源开发公司工作，从事石油化学、炼油、新型可再生能源、精密化学等多个领域的相关工作。

　　能源领域会改变我们的未来，让我们的地球可持续发展。因此，希望大家可以拥有渊博的科学知识、充满创造力的思

维，抱着规划地球未来的使命感，努力学习。这样，我们不仅能解决迫在眉睫的各种能源问题，还能为人类的可持续发展做出巨大贡献。

图书在版编目（CIP）数据

不可思议的牛粪 /（韩）高嬉贞著；（韩）李柱喜绘；
李丹莹译 . -- 北京：中信出版社，2023.6
（"小学生前沿科学奇遇记"系列）
ISBN 978-7-5217-3713-4

Ⅰ.①不… Ⅱ.①高…②李…③李… Ⅲ.①儿童小
说－长篇小说－韩国－现代 Ⅳ.① I312.684

中国版本图书馆 CIP 数据核字（2021）第 253768 号

소똥 에너지 연구소
Text copyright © 2016 by Ko Heejung
Illustration copyright © 2016 Lee Juhee
All rights reserved.
Originally published in Korea by Gimm-Young Publishers, Inc.
This Simplified Chinese edition was published by CITIC Press Corporation in 2023 by arrangement with Gimm-Young Publishers, Inc. through Arui SHIN Agency & Qiantaiyang Cultural Development (Beijing) Co., Ltd.

本书仅限中国大陆地区发行销售

不可思议的牛粪
（"小学生前沿科学奇遇记"系列）

著　　者：［韩］高嬉贞
绘　　者：［韩］李柱喜
译　　者：李丹莹
出版发行：中信出版集团股份有限公司
　　　　　（北京市朝阳区东三环北路27号嘉铭中心　邮编　100020）
承　印　者：宝蕾元仁浩（天津）印刷有限公司

开　　本：880mm×1230mm　1/32　印　张：4　字　数：70千字
版　　次：2023年6月第1版　印　次：2023年6月第1次印刷
京权图字：01-2021-5708
书　　号：ISBN 978-7-5217-3713-4
定　　价：19.80元

出　　品：中信儿童书店
图书策划：将将书坊　　策划编辑：张慧芳　高思宇　　责任编辑：王琳
营销编辑：杜芳　　　　封面设计：周宴冰

版权所有·侵权必究
如有印刷、装订问题，本公司负责调换。
服务热线：400-600-8099
投稿邮箱：author@citicpub.com